# MICHEL HATON

# ROXANE

ROMAN

Édition : BoD - Books on Demand, info@bod.fr

Impression : BoD -  Books on Demand, In de Tarpen 42,
Norderstedt (Allemagne)

Impression à la demande
ISBN : 978-2-3225-2625-3
Dépôt légal : Juillet 2024

Conception couverture et aquarelles : © Michel Haton
**Contact :** michelhaton67@gmail.com

## I

Strasbourg. Quartier du Marais Vert, au nord de la ville.

C'est dans ce quartier de la ville, ancien Faubourg Blanc et actuel Faubourg National, que vivaient, ou plutôt survivaient, Jeanne et Barthélémy Lenoir, avec leur fille Marie, dans une masure de bois et de toile construite par Barthélémy. Ce vaste espace, qui suintait l'humidité quand venait le temps des premiers brouillards, se transformait rapidement en tourbière ou ne subsistaient que quelques broussailles et de rares bouleaux qui se plaisaient dans ce milieu détrempé. Les rues se transformaient en ruisseaux d'eau croupie provenant des eaux usées, des lessives et des toilettes, leur donnant une couleur indéfinissable accompagnée d'une odeur nauséabonde. Il fallait jongler entre ces eaux saumâtres et la boue pour poser un pied sur les rares pavés émergés qui permettaient de marcher au sec. Selon de nombreuses légendes, les prêtres exorcistes y noyaient des chiens noirs, dont on prétendait qu'ils avaient la rage et dans lesquels on avait enfermé les démons hantant l'âme des défunts refusés au paradis. De petites flammes virevoltaient au-dessus du terrain détrempé. Sans doute les âmes des défunts ou des animaux morts englués dans cette masse informe. Le berger du village avait perdu plusieurs bêtes dans ce marécage. Même une vache s'y était enlisée un jour, effrayée par un violent orage. On y entendait parfois le son d'une cloche provenant d'une église qui n'existait plus. Le bruit courait que des fantômes de sorcières, s'adonnant au sabbat, tournoyaient parfois au-dessus de la tourbière.

Durant un hiver particulièrement rude, la neige était tombée en abondance toute une journée. Le toit d'une des maisons s'était effondré sous le poids accumulé en plusieurs jours. Il n'avait pu résister à la pression de cette masse. Il s'écroula pendant la nuit dans un fracas épouvantable, ensevelissant toute la famille Malet qui vivait là, les parents et deux enfants en bas âge. L'énorme couche de neige avait amorti le bruit au point qu'il ne réveilla personne. Le lendemain, les premières personnes, qui s'étaient levées tôt, aperçurent un amas de planches et de toiles. Ils alertèrent les gens des alentours en se servant d'une cloche attachée à un arbre, suspendue là pour prévenir la population d'un danger ou d'un incendie. Les gens accoururent pour dégager les gravats en espérant pouvoir sauver la petite famille. Ils ne ménagèrent pas leurs efforts pour déblayer toutes les planches délicatement, mais quand le corps de la mère apparut enfin, il était déjà trop tard. Le froid intense de la nuit l'avait saisie dans une gangue de glace, ainsi que toute sa famille. Ils étaient morts de froid en une seule nuit. Les habitants étaient dépités. Il allait être impossible de creuser une tombe dans cette terre gelée et dure comme du marbre. Toute la famille fut entreposée dans un caveau d'attente dans l'espoir de pouvoir creuser une tombe plus tard, après le dégel.

Pendant la belle période, cet endroit était occupé par des paysans qui labouraient ce sol avec une charrue tirée par de solides chevaux. Ils ensemençaient cette terre ingrate qui leur rendait peu de légumes, de fruits ou de céréales, alors qu'ils avaient la lourde tâche de nourrir la population de la ville de Strasbourg. Des jardiniers et des maraîchers cultivaient des vergers et des jardins. Le Marais Vert, situé au nord de la ville, derrière la Pfennigturm (sur l'actuelle place Kléber), était séparé de la ville par une enceinte fortifiée.

Sur cette belle et grande place, on pouvait voir se promener des bourgeois et bourgeoises qui aimaient se pavaner en comparant leurs toilettes, leurs perruques, leurs cannes à pommeau, leurs épées, leurs souliers décorés de nœuds de satin ou leurs nouveaux chapeaux, ornés de plumes d'autruche pour les hommes. Les femmes portaient habituellement de petites coiffes traditionnelles, souvent accompagnées d'une fraise. Dans leurs costumes brodés de fils d'or qui étincelaient sous le soleil, les couples regardaient de haut, en paradant, les rares paysannes vêtues de vêtements très simples, surtout pratiques pour leur travail, qui transportaient leur panier rempli de légumes et de fleurs multicolores pour les vendre au marché. On y croisait aussi des couples en tenues traditionnelles alsaciennes. Certaines femmes revêtaient des costumes dont les couleurs variaient selon le village d'origine ainsi que des coiffes appelées *Schlupfkäpp*. Le costume d'une femme catholique se nommait la *Kutt,* une longue jupe rouge, tandis qu'une protestante portait la *Rock,* plus courte et de couleur verte, bleue, rouge ou violette en fonction du calendrier liturgique. Elles tenaient le bras de leur mari, habillé traditionnellement du costume noir, avec le cardigan rouge aux boutons dorés et un grand chapeau noir à larges bords.

Des paysans tiraient des charrettes remplies de victuailles et de pots au lait, vêtus d'habits simples et usagés mais confortables. Ils se retrouvaient souvent le soir, après une dure journée de labeur, dans un estaminet crasseux pour boire un verre et se raconter leur journée et les difficultés de la vie. Les masses populaires des villes et des campagnes s'alimentaient aux seules sources de l'Église et restaient ainsi dans leur culture rudimentaire.

Il n'y avait pas que de la misère dans le Marais Vert. De temps en temps arrivaient aussi quelques bouffées de fraicheur et de bonheur. Les premiers beaux jours annonçaient souvent la venue d'un saltimbanque espéré tout l'hiver. Philippus Kervinio le marionnettiste, grand escogriffe souriant, accoutré d'un costume très coloré avec une multitude d'objets accrochés partout qui ballottaient à chaque pas et d'un chapeau garni de fleurs ramassées en chemin, arrivait en même temps que les premiers rayons de soleil du printemps. Sa carriole, tirée derrière lui par une chèvre tenue en laisse, était chargée de son théâtre de bois démontable et d'une multitude de marionnettes qu'il avait confectionnées lui-même. Entre les premiers frimas de l'hiver et les premières journées du printemps, il disparaissait mystérieusement. Il hivernait sans doute dans un endroit connu de lui seul afin de ne pas être dérangé, pour écrire un nouveau spectacle et créer de nouvelles marionnettes. Il arrivait dans le Marais Vert en s'annonçant bruyamment avec une guirlande de clochettes et une petite corne dans laquelle il soufflait pour avertir de sa venue. Il était immédiatement suivi par une horde d'enfants qui criaient leur joie de le revoir. Ils voulaient tous caresser la chèvre, faire bouger les grelots de son collier, qui ne s'arrêtait pas pour autant et continuait vaillamment à tirer son chargement. Philippus choisissait toujours un endroit plat et relativement sec pour libérer la chèvre de son fardeau et l'attacher à un piquet afin que les enfants puissent continuer à la caresser. Il montait la structure de son théâtre de bois, attachait de jolis rideaux de chaque côté du cadre et installait la toile lui permettant de se cacher à la vue des spectateurs. Tous les ans à la même période, il venait assurer plusieurs séances d'un spectacle qu'il avait écrit en s'inspirant des évènements passés, même s'il improvisait souvent pendant la représentation en créant des interactions avec le public. Il aimait bien faire réagir les gens, afin d'être sûr qu'ils ne dorment pas et qu'ils s'intéressaient vraiment à l'histoire qu'il racontait. Et souvent cela fonctionnait, ce qui le remplissait de joie. Il avait sculpté dans du bois de peuplier les visages et les mains de ses personnages qu'il avait peints ensuite de couleurs vives, des gentils et des méchants, et à qui il avait cousu un costume coloré sur mesure. Il entrait la main dans les personnages et leur donnait vie avec ses doigts. Un panneau apposé contre le théâtre renseignait sur l'heure de la représentation. Comme beaucoup de gens ne savaient pas lire, car la plupart étaient des paysans et des travailleurs de la terre, il leur criait les horaires pour être sûr d'avoir du monde. Quand il soufflait dans sa corne, les gens accouraient nombreux, ce petit théâtre de marionnettes étant la seule distraction annuelle qu'ils pouvaient s'offrir en laissant tomber quelques piécettes dans une sébile ou en posant des paiements en nature à côté de la coupelle. Ces petites rétributions étaient suffisantes pour lui permettre de manger, de changer les rideaux du théâtre devenus défraîchis ou les vêtements de ses personnages, et pouvoir en créer de nouveaux. Les histoires qu'il racontait servaient aussi aux gens pour porter des messages et avoir des nouvelles des alentours, comme un journal animé. Dans le Marais Vert, l'information ne circulait pas beaucoup et les habitants étaient ignorants de tout ce qui se passait au-delà du microcosme de leur petit territoire.

## II

Barthélémy Lenoir travaillait dans ce quartier peu bâti et très verdoyant. Il était affecté à la culture et au ramassage des fruits et légumes. Il exerçait régulièrement des travaux de maraîchage, mais il cultivait aussi différentes céréales et avait la garde du bétail, ce qui contribuait au ravitaillement de la ville. La production était également vendue sur les marchés comme le Marché-aux-Herbes (*place Gutenberg*) ou le Marché-aux-Fruits (*place Saint-Thomas*).

En ce jour du 4 janvier 1625, sous le règne de Louis XIII (*1601 à 1643*), vint au monde Roxane Lenoir (*ce nom provenait des cheveux noirs de son père*) aux premières lueurs du jour, en pleine guerre de Trente Ans. Elle était en parfaite santé et avait déjà beaucoup de cheveux roux et les yeux verts. Elle est née là, sous une pluie battante, dans cette cabane insalubre laissant passer l'eau du ciel, située dans ce dépotoir nauséabond. Elle se réchauffait dans les bras de Jeanne, sa mère qui l'avait portée et fait naitre dans la misère.

*Elle avait eu beaucoup de chance. Alors qu'un enfant sur quatre mourait avant un an et que l'es-*

*pérance de vie était de 28 ans en moyenne, la reprise démographique, après les guerres de Religion, avait augmenté pendant la première moitié du XVIIᵉ siècle.*

*Quand un accouchement se déroulait bien, la matrone (sage-femme) ou les voisines se bornaient à assister la parturiente pendant le travail. À peine sorti du ventre de sa mère et le cordon ombilical coupé, l'enfant était entièrement lavé devant le feu, avec du beurre frais et de l'eau chaude additionnée d'eau-de-vie. La matrone façonnait alors la petite tête afin de la rendre plus ronde.*

## III

Le sevrage marquait la fin de la première enfance. Il intervenait généralement vers deux ans, souvent plus tôt et parfois plus tard. Dès qu'elle sut marcher, Roxane fut obligée de fouiller dans les détritus pour survivre, car la famille ne mangeait pas à sa faim tous les jours. Cette année-là se situait dans une période de disette terrible dans l'est de la France, où beaucoup de malheureux mouraient littéralement de faim.

À cinq ans, elle partait parfois plusieurs heures dans l'espoir de trouver quelques bribes d'aliments pour améliorer l'ordinaire. Il lui fallait aussi lutter, dès son plus jeune âge, contre les autres squatteurs du lieu.

Le Marais Vert était fréquenté essentiellement par Dominique, le gros Dodo, le chef d'une bande de gamins qui venait régulièrement la relancer. Un jour, il se planta devant elle alors qu'elle était à la recherche de nourriture.

— Eh toi ! Ici, c'est chez moi, vu ? Seuls les amis peuvent venir se servir ici. Si tu veux faire partie de ma bande, il te faudra subir l'épreuve du tonneau, après quoi tu seras protégée et tu pourras venir te servir dans ce terrain. Il repartit comme il était venu, surgi de nulle part.

— Pourquoi être née sur le territoire de Dodo ? Le hasard ou le destin, peut-être. Le « propriétaire » du lieu n'a pas l'air commode. Il doit m'en vouloir de n'être qu'une fille, pensa-t-elle.

Elle comprit rapidement qu'elle devrait toujours se battre pour s'en sortir.

Un matin, en cherchant sa pitance, elle fit une découverte qu'elle prit soin de nettoyer d'un revers de manche. Elle trouva une pièce brillante dans la terre, avec des reflets inconnus, et dont elle ne connaissait pas la valeur.

— Que puis-je acheter avec cette pièce ? Du pain, du lait, de la viande peut-être ou un morceau de fromage.

Dotée d'un caractère de rêveuse, elle se mit à extrapoler sur tout ce qu'elle pouvait acquérir avec cette seule petite pièce, pour nourrir sa famille.

Elle entendit les pas de plusieurs personnes qui la firent tomber brutalement de son nuage. Elle eut le réflexe de refermer ses doigts pour emprisonner la pièce dans sa petite main. C'était la bande à Dodo qui était de retour. Ils avançaient vers elle d'une allure décidée telle une horde sauvage. Elle eut très peur car le spectacle était impressionnant. En tête de cortège, Dodo bien sûr, aussi gros que sale, menait la troupe. Son vieux pantalon, sa casquette élimée et des galoches trouées lui donnaient un peu d'air aux orteils. René, son lieutenant et bras droit, maigre comme un lacet, flottait dans ses guenilles crasseuses. Félix, était grand et sec, le visage moucheté et les cheveux carotte. Augustin était le plus décontracté et le plus rieur ; son visage pâle contrastait avec sa tignasse noire, son sourire fendait son visage à chaque fois qu'il arrivait à esquiver une pierre que l'on lui avait jetée. Il était toujours suivi de sa sœur Adélaïde, menue petite blonde aux yeux bleus,

Désignant Roxane du doigt, Dodo stoppa net et dit :

— Je t'avais prévenue ! Tu ne peux pas venir sur mon terrain impunément ! Tu dois subir l'épreuve du tonneau si tu veux continuer à venir ici. Comment t'appelles-tu ?

— Roxane, dit-elle d'une voix tremblante.

— Je suis Dominique, appelé Dodo. Je suis le chef de la bande que voilà.

Il présenta rapidement sa bande en faisant pour chacun un petit éloge vantant ses qualités. D'un doigt il pointa le tonneau, que les pluies successives avaient fait déborder et qui devait servir à la fameuse épreuve.

— L'épreuve consiste à rester la tête sous l'eau pendant que je compte jusqu'à cinquante ! Compris ?

— Mais c'est impossible ! dit-elle effrayée.

— C'est la condition pour faire partie de la bande et avoir le droit de venir sur ce terrain.

Résignée, elle se dit qu'il valait mieux essayer, ne serait-ce que pour avoir quelques amis sur lesquels elle pourrait compter en cas de difficultés.

René et Félix s'avancèrent vers elle avec l'intention de la forcer à avancer jusqu'au tonneau. Elle leur fit comprendre, en esquivant leurs mains, qu'elle irait toute seule pour subir l'épreuve, en tenant toujours la pièce au creux de sa main. Elle était déjà très indépendante. Elle leva les yeux vers la bande et elle s'avança vers le tonneau, seule et fière. Elle monta sur une grosse pierre posée à côté.

— Prêt? dit Dodo d'une voix solennelle.

— Je suis prête, répondit Roxane, aussi concentrée que désemparée en regardant la bande qui s'était mise en cercle autour d'elle.

— À trois, tu plonges la tête et je compte jusqu'à cinquante : compris?

Roxane hocha la tête en signe de réponse.

— Un... Deux... Trois!

Elle respira profondément et plongea la tête dans l'eau jusqu'aux oreilles.

Dodo comptait :

— Vingt-deux, vingt-trois, vingt-quatre, vingt-cinq...

Ils firent un bond en arrière pour ne pas être éclaboussés par Roxane qui, n'en pouvant plus, sortit la tête du tonneau pour prendre de grandes bouffées d'air.

— Tu as perdu! annonça triomphalement Dodo. Tu ne peux donc pas faire partie de la bande. Tu dois partir et ne jamais revenir.

Encore haletante, elle fit demi-tour pour se diriger vers sa maison. Alors qu'elle s'éloignait, Félix dit soudain :

— Pourquoi tiens-tu ton poing fermé? Aurais-tu quelque chose à nous cacher?

Elle n'eut pas le temps de répondre, que déjà la bande était sur elle, la plaquant brutalement au sol en lui bloquant les membres afin qu'elle ne puisse bouger.

— Fais-moi voir ce que tu caches dans ta jolie menotte!

Roxane, immobilisée, ferma ses doigts sur sa précieuse pièce en la serrant le plus fort possible. Mais en vain. Dodo avait tellement de force qu'il lui ouvrit la main au point qu'elle crut un instant qu'il lui avait cassé un doigt.

— Arrêtez, vous me faites mal, bande de brutes !

Plus elle se débattait, plus les garçons riaient. Adélaïde, la sœur d'Augustin qui le suivait partout, blonde avec des yeux bleus qui lui donnaient un regard doux, les regardait faire, désolée et impuissante.

— La voilà, je l'ai ! dit Dodo triomphant. Une belle pièce d'un Florin en or ! Lâchez-la, maintenant, laissez-la partir. Nous avons de quoi faire un festin, les amis.

Elle se tenait debout devant eux en les fixant, comme un affront.

— Tu vas me le payer !

Se tournant une dernière fois vers Roxane :

— Va au diable ! lui dit-il en la poussant au sol et en riant.

Roxane se releva péniblement, contusionnée de partout. Ses doigts lui faisaient mal à en crier. Seule la fierté lui fit serrer les dents et souffrir en silence. Elle croisa le regard d'Adélaïde et crut y voir de la compassion. Elle s'en alla, ayant perdu sa seule fortune, sa pièce si précieuse que la bande de Dodo venait de lui arracher en la brutalisant.

Elle marcha péniblement jusqu'à une petite rivière, où elle lava délicatement ses plaies et ses mains douloureuses avec un peu d'eau.

— Que les garçons sont méchants, pensa-t-elle. Ils ont tout fait pour qu'une fille ne puisse faire partie de leur bande et, en plus, ils m'ont volé le peu d'argent que j'avais. Je m'en sortirai quand même, je me débrouillerai toute seule.

## IV

Roxane rentra chez elle et trouva ses parents en pleurs.

— Que se passe-t-il ?

Sa mère lui répondit faiblement entre deux soubresauts.

— Ta sœur vient de mourir. Nous n'avons plus que toi désormais.

Roxane était sous le choc de cette terrible nouvelle. Elle ne réalisait pas vraiment ce qui venait de se passer. Perdre sa sœur quand on est si petite est une terrible épreuve.

— Mais... de quoi ?

— De la peste. On croyait cette maladie éteinte depuis plusieurs années, mais elle est réapparue brutalement et ta sœur a été infectée. Elle était malade depuis plusieurs jours déjà, et nous l'avons trouvé inanimée ce matin sur sa paillasse. Nous n'avons rien pu faire pour la sauver.

Roxane ne put retenir les larmes qui lui inondaient les joues.

*On pensait que la peste était due à l'air pestilentiel retenu par les mailles des étoffes. Les traités de l'époque présentent ainsi les symptômes de la peste bubonique : frissons, fièvre, céphalée, apparition de charbons, plaques gangréneuses noires et surtout des bubons à l'aine, à l'aisselle ou au cou, puis des hémorragies sous-cutanées. Face à un tel mal, les médecins étaient désarmés. Ils conseillaient tout de même la purification de la chambre des malades avec divers parfums, le ramollissement des bubons par des emplâtres de feuilles d'oseille et d'oignons de lys, et leur incision par le chirurgien dès le début de la suppuration. Dans certains cas, la peur de la contagion poussait des enfants à abandonner leurs parents mourants et des parents jetaient leurs enfants à la rue.*

*C'est le Rhéno-Flamand André Vesale qui a fondé l'anatomie moderne. Il montra la nécessité de disséquer et d'observer le corps humain lui-même. Son grand livre illustré* De humani corporis fabrica *(1543) qui connut un énorme succès, constitua pendant près de trois siècles le meilleur traité d'anatomie et la référence dans ce domaine. Ainsi, au début du XVII<sup>e</sup> siècle, la configuration du corps humain était-elle connue avec exactitude, au moins dans les grandes lignes.*

Sa mère la regarda, prit ses mains dans les siennes, et lui parla longuement.

— Après avoir appelé le prêtre, j'ai prié saint Sébastien et saint Roch et accompli des pénitences car je pensais que la maladie était de notre faute. Puis je me suis adressée à une sorcière qui connait beaucoup de sorts et de guérisons. Je me suis aussi basée sur le livret appelé *L'Apothicaire charitable,* que quelqu'un m'a lu, enseignant à faire à la maison les médicaments composés à peu de frais. Également *Le Médecin des pauvres,* recueil en douze pages de prières et oraisons considérées comme efficaces contre les mauvais esprits. J'ai tout essayé ! Je suis allée voir l'apothicaire (*le terme de pharmacien était encore peu employé*) qui a mélangé des herbes pour concevoir un remède qui avait le pouvoir de soigner la peste : mélisse, anis, marjolaine, thym, sauge, baies de genièvre, cardamome et cannelle. *Composition de l'Eau des Carmes (1379).* En vain... Même le médecin, appelé en dernier recours, lui avait pris le pouls qui était déjà très faible, ce qui était mauvais signe. Il a examiné ses selles, mais aussi ses expectorations et ses sueurs, ainsi que ses urines. Il a soigné ses plaies, incisé les abcès, les bubons et pratiqué une saignée (*opération de chirurgie que l'on pratique pour tirer le sang altéré ou inutile qui se trouve dans les veines*) avec une lancette. Nous avons appris qu'à Marienthal, près de Haguenau, plus d'une centaine de miracles avaient été authentifiés par les jésuites qui gèrent ce lieu de culte, mais pour ta sœur le miracle n'a pas eu lieu.

*La croyance selon laquelle le corps contenait vingt-quatre litres de sang et que l'on pouvait en perdre vingt par une saignée sans mourir, explique l'incroyable développement de cette médication. La purgation par un clystère, ou lavement, relevait de la même médecine évacuante et constituait un re-*

*mède autant employé que la saignée. Elle était sur-*
*tout utilisée pour soulager les ventres dérangés.*

— En plus, mêlé à une bagarre, ton père vient de perdre son travail. À deux, cela va être très difficile, mais
on va se débrouiller ; mais à trois cela sera impossible.
Nous ne pouvons plus te nourrir. Il va falloir que tu
grandisses plus vite et que tu te débrouilles seule.

La perte de sa sœur et le renvoi de la famille firent
deux mauvaises nouvelles d'un coup. Cela faisait beaucoup pour une petite fille de son âge. Elle était un peu
perdue. Sa mère lui donna des vêtements récupérés
chez une voisine qui venait de perdre son fils unique,
décédé lui aussi de la peste, pour s'habiller en garçon
en pensant que sa vie sera plus facile que pour une fille.

Roxane accusa le coup et reprit sa respiration.

— Je vais me débrouiller, Maman, fit Roxane en inspirant profondément. Mais je passerai vous voir de
temps en temps pour prendre de vos nouvelles.

Elle regarda ses parents, n'étant pas certaine de les
revoir un jour, et se retourna pour se diriger vers son
destin.

# V

Roxane rencontra Anne un peu par hasard. Elle ne se doutait pas que dans le Marais Vert, il pouvait y avoir une voyante qui pratiquait aussi la sorcellerie. En ramassant du bois pour alimenter un feu dans le marais fumant d'écharpes de brouillard, elle aperçut une cabane en bois qu'elle pensa abandonnée tant elle était délabrée. Sur le bois du toit recouvert de mousse poussaient de hautes herbes et même quelques fleurs, les murs de planches étaient noircis par les intempéries. Elle semblait fragile et instable au point qu'un fort coup de vent aurait pu la transformer en un immense fagot, voire l'emporter. La porte d'entrée, légèrement entreouverte, grinçait en donnant un air encore plus lugubre à l'endroit. La curiosité la décida à pousser la porte pour vérifier si la maison était vraiment vide. Un grincement et quelques pas plus tard, elle était entrée dans l'étrange demeure obscure d'où toute vie semblait absente. Le temps de s'habituer à l'obscurité du lieu, elle distingua quelques étagères remplies de livres et une femme portant sur les épaules une étole à franges dont elle ne distinguait pas les motifs, assise à une table recouverte d'un tissu sombre. Elle leva les yeux et demanda :

— Bonjour, Roxane, que veux-tu ?

Roxane fut interloquée. Qui était cette femme qui semblait la connaitre ?

— Comment connaissez-vous mon nom ?

— Tu es Roxane Lenoir, la deuxième fille de Barthélémy et Jeanne Lenoir, et sœur de Marie Lenoir, malheureusement décédée de la peste.

Roxane était vraiment surprise que cette personne connaisse si bien l'histoire de sa famille.

— Comment connaissez-vous ma famille ?

— Dans le Marais Vert tout se sait très vite, tu sais.

Anne entreprit de lui raconter la démarche de sa mère.

— Quand ta sœur est tombée malade, ta mère est venue me voir pour un remède, en espérant sauver sa fille. Malheureusement, elle m'a consultée bien tard, beaucoup trop tard. La maladie avait déjà fait son œuvre et je n'ai rien pu faire pour la sauver.

— Elle ne m'a jamais parlé de sa visite chez vous.

— Ta mère ne voulait pas que cela se sache. Ni toi, ni ton père, ni personne ne devait savoir. La superstition..., tu comprends ?

Roxane accusa le coup et resta muette un moment.

— Si tu es venue jusqu'ici, c'est que tu as besoin de mes lumières, non ?

— Oui, vous avez raison.

Roxane hésitait un peu, car cette femme mystérieuse l'impressionnait beaucoup. Puis elle se lança timidement.

— J'aurais bien aimé avoir quelques pistes pour mon avenir...

Jeanne la voyante pria Roxane de s'asseoir en face d'elle. Elle remercia, mais hésita un moment pour vérifier que la chaise n'était pas dans le même état que la maison, et risquait de s'écrouler une fois assise. Anne plaça sa boule de cristal devant elle et se concentra. Au bout d'un moment de grand silence et de concentration, des visions lui apparurent.

— Je vois… Je vois un grand malheur sur ta famille ! Ton père, puis ta mère vont mourir, pendu pour ton père et brûlée vive pour ta mère.

— Mais… Pour quels motifs ?

— Je ne peux te répondre, je ne vois que les évènements tels qu'ils vont se dérouler.

— Vous êtes sûre ?

— Oui. La boule de cristal ne ment jamais, répondit-elle sur un ton péremptoire.

Elle fixa à nouveau le cristal posé sur la table.

— Orpheline, tu sauras te débrouiller et à te venger des fermiers généraux, ces rentiers du sol responsables de la ruine et de la mort de tes parents. Tu vas réussir grâce à une bande que tu auras constituée avec des gens dans la misère qui, comme toi, auront le même désir de vengeance. Et tu vas rendre aux pauvres de la ville un peu de ce qui leur revient. Ton combat est juste ! Mène-le jusqu'au bout !

Roxane était sidérée par ce qu'elle venait d'entendre.

— Qu'est-ce que je vous dois ? Je n'ai rien, je n'ai pas d'argent !

— Tu me paieras quand tu auras récupéré suffisamment d'or et d'argent à tous ces voleurs qui affament le peuple !

— Je vous le promets !

Roxane remercia la sorcière et sortit de la cabane un peu secouée par ce qu'elle venait d'entendre.

*En France, sous l'Ancien Régime, les fermiers généraux étaient des financiers qui prenaient « à ferme » (le recouvrement) la perception des impôts indirects, dont ils avançaient le produit à l'État. Le roi ne disposait pas de fonctionnaires assez nombreux et assez honnêtes pour lever directement l'impôt ; il était toujours à court d'argent et ne pouvait attendre la rentrée toujours irrégulière des fonds collectés. L'affermage de l'impôt pour plusieurs années assurait, pendant la durée du bail, des revenus déterminés et dispensait du souci de recouvrer des droits multiples, toujours mal définis, souvent contestés, très variables d'un lieu à un autre.*

# VI

Comme la nuit menaçait de tomber, Roxane entreprit de sortir du Marais Vert en direction d'une faible lueur, comme une dernière empreinte du soleil. Elle trouva sur son chemin une grange dans laquelle elle se faufila doucement par une fenêtre restée ouverte. La grange était pleine de paille fraîche – un peu de chance dans son malheur – et elle s'assit sur ce matelas chaud et douillet dans l'espoir de pouvoir y dormir tranquille. Elle contempla encore un peu le soleil s'éteindre, pour accuser le choc qu'elle venait de subir. Au moment de s'allonger, elle sentit soudain la paille bouger sous elle. Un réflexe la fit sursauter, elle crut à la présence d'un rongeur. Elle en avait une peur bleue depuis la disparition de sa sœur. La peste provenant essentiellement de la morsure d'une puce infectée par l'absorption du sang d'un rat.

— Miaou, miaou !

Un petit chat blanc aux yeux verts en sortit et vint la lécher de sa langue râpeuse. Elle le caressa et se coucha tandis que le chat venait se lover contre elle en ronronnant pour entamer ensemble une nuit réparatrice.

— Nous avons les yeux de la même couleur, on devrait bien s'entendre. Je vais t'appeler Ronron, parce que tu ronronnes tout le temps.

## VII

Pendant plusieurs années sur les routes, à se débrouiller seule et à trouver de quoi se nourrir, elle dut affronter mille dangers au quotidien. Tant qu'elle gardait les vêtements masculins en se faisant passer pour un garçon, tout allait relativement bien ; elle put voler de la nourriture facilement et manger à sa faim presque tous les jours. Il y eut tout de même quelques bagarres ici et là avec certaines personnes qui voulaient en découdre. En cas d'affrontement, elle sortait son petit couteau, subtilisé à sa mère lors de son dernier passage au Marais Vert et dont elle se servait précautionneusement. En effet, lors d'une bagarre où elle devait sauver sa vie, menacée par quelqu'un l'agressant à l'arme blanche, elle sortait son arme en faisant bien attention de ne pas le tuer et de ne pas amplifier ses problèmes. Elle portait des coups légers pour blesser son adversaire en lui laissant des cicatrices comme souvenir. En cas de danger extrême, elle portait des coups aux articulations du bras ou des jambes pour que reste une blessure profonde qui poserait ensuite des problèmes pour se mouvoir. Surtout les blessures au genou faisaient claudiquer la victime pour le reste de sa vie. Quand elle décidait de se changer pour redevenir la fée rouquine qu'elle était, en détachant sa longue crinière bouclée, les risques étaient plus grands car elle se faisait aborder par des hommes en manque d'amour, voire par quelques femmes également. Elle faisait beaucoup d'effet auprès de la gent masculine qui ne pouvait s'empêcher de l'accoster et lui faire des propositions très précises. Elle pensait être trop jeune pour avoir des rapports avec des hommes et, la plupart du temps, les éconduisait. Pour les plus entreprenants, elle sortait son couteau en les menaçant et ils n'insistaient habituellement pas en préférant la fuite. Il arrivait qu'un homme un peu trop hardi commence à la toucher. Elle lui demandait à plusieurs reprises de la lâcher, avant de sortir son couteau pour lui laisser un petit souvenir sanguinolent entre les jambes. Le temps qu'il se remette, surpris par la réaction piquante de la demoiselle, elle avait déjà disparu depuis longtemps tant elle courait vite. Elle acceptait parfois un déjeuner ou un dîner quand son ventre criait famine, faisait la conversation un moment et disparaissait précipitamment après le repas sous un prétexte quelconque. Puis elle reprenait ses habits masculins en ne laissant aucune trace de la femme qui venait de se délecter d'un bon repas.

Elle avait beaucoup grandi et avait maintenant quinze ans. Elle avait appris par une rencontre fortuite que son père trafiquait un peu pour survivre, ayant perdu son d'emploi. Il fabriquait de la fausse monnaie dans un cabanon pas très éloigné de la maison.

— Pourvu qu'il ne se fasse pas attraper, pensa Roxane, étonnée que son père ait dû entrer en clandestinité pour nourrir sa famille.

Mais elle était sûre qu'il allait y arriver et bien vivre de son trafic, pour que ses parents puissent subvenir à leurs besoins. Il fabriquait des pièces de différentes valeurs : des *pfunds* (livres), des *schillings* (sous, sols) et des *pfennigs* (deniers), des subdivisions de la livre, afin de ne pas écouler des pièces trop grosses et ainsi ne pas trop attirer l'attention de la police. Il produisait tous les jours de petites sommes en espérant ne pas se faire prendre et s'en servait pour les achats quotidiens.

## VIII

Mais un jour son trafic fut découvert par un marchand qui avait eu vent de son activité illicite et en avait averti les autorités. Encore un délateur qui avait cru faire son devoir de citoyen en dénonçant Barthélémy.

Absorbé par son travail, il ne les avait pas vus arriver. Un huissier accompagné de deux gardes tambourina à la porte de son atelier clandestin. Comme il n'attendait personne, il regarda entre les planches de la porte en bois et vit les uniformes de la maréchaussée. Il fit silence pour faire croire qu'il n'y avait personne. Mais l'huissier était bien renseigné et savait qu'il était présent à ce moment-là.

— Ouvrez, Lenoir, nous savons que vous êtes là. C'est la police !

Après plusieurs sommations, le silence complet fut la seule réponse. Il ordonna à ses gardes de défoncer la porte qui ne résista pas bien longtemps. Barthélémy Lenoir était là, debout et tétanisé dans l'obscurité de sa cabane, n'ayant plus d'autre issue. Il pensait bien que quelqu'un l'avait dénoncé, mais ne savait pas exactement qui, bien qu'il eût quelques doutes.

— Ne bougez pas, Barthélémy Lenoir, vous êtes en état d'arrestation pour fabrication de fausse monnaie.

— Mais... balbutia Barthélémy, en comprenant bien qu'il était pris au piège et qu'il était inutile de résister.

L'officier entra dans le cabanon et se dirigea vers un amoncellement de pièces qui remplissaient une boîte jusqu'au bord. Il en prit quelques-unes et les regarda sous tous les angles.

— Je m'en doutais : ces pièces sont fausses !

— Non, pas du tout ! Elles ont été gagnées honnêtement par mon dur labeur, répondit Barthélémy en balbutiant.

— Nous savons que vous avez perdu votre emploi depuis longtemps ! De quoi vivez-vous ?

— Je jardine parfois chez les gens qui ne peuvent plus travailler, et ils me paient en espèces, ce qui me permet de vivre.

— Ce n'est guère convaincant, Lenoir. Je pense plutôt que vous vivez de votre trafic.

— Je vous assure que ces pièces sont miennes et authentiques !

— Que nenni ! Elles sont bien imitées, c'est vrai, mais j'affirme qu'elles sont fausses. Une âme charitable vous a dénoncé !

Il se tourna vers ses subordonnés.

— Emmenez cet homme !

Les deux gardes empoignèrent Barthélémy qui n'eut pas le temps de réagir et fut immédiatement emprisonné sous le motif de fabrication de fausse monnaie. Il n'avait même pas eu le temps de faire prévenir Jeanne, qui allait se faire du mauvais sang, ne le voyant pas rentrer le soir. Il se retrouva dans un cachot insalubre pendant plusieurs jours, prisonnier des hauts murs de l'austérité. Il subit la question. Le supplice de l'eau lui fit avouer son activité illégale et il fut rapidement jugé et condamné à la pendaison jusqu'à ce que mort s'ensuive.

> *Le supplice de l'eau consistait à simuler la noyade en immobilisant le condamné sur le dos, la tête inclinée vers le bas. On lui recouvrait la tête d'une serviette et on versait de l'eau sur le nez et la bouche. Un réflexe de la victime pouvait provoquer des douleurs et des dommages aux poumons et des lésions cérébrales irréversibles.*

La sentence fut exécutée quelques jours plus tard, tant la justice était expéditive avec les faux-monnayeurs. Il fut pendu haut et court, sur la place des Cordeliers où avaient lieu toutes les exécutions de condamnés. Jeanne n'ayant pas été prévenue, elle ne put assister à la fin tragique de son mari. Après une brève lecture de l'accusation, la sentence fut accomplie en place publique devant une foule peu nombreuse. Le bourreau lui mit la corde autour du cou après lui avoir attaché les mains et sur un signe d'un officier, actionna un levier pour ouvrir la trappe sous les pieds du condamné, ce qui le fit descendre brutalement, en tendant la corde qui se resserra sur son cou. Ce qui eut pour effet de lui fracturer les vertèbres cervicales et de le faire mourir sur le coup. Ainsi disparut Barthélémy Lenoir, le père de Roxane. Jeanne apprit la mort de son mari bien plus tard…

## IX

Quand elle eut la triste nouvelle que son père avait été pendu pour fausse monnaie, elle venait d'avoir dix-huit ans. Elle pleura toutes les larmes de son corps en hoquetant d'émotion. Son visage rougi et inondé par des sanglots qui déformaient sa jolie frimousse. Elle se souvint alors qu'Anne, la voyante, lui avait annoncé la mort de son père par pendaison ! Elle se reprit au bout d'un moment et décida d'aller revoir sa mère au Marais Vert. Elle se devait de s'occuper d'elle désormais, puisque veuve et sans ressources. Arrivée devant sa maison, elle frappa à ce qui restait de porte et attendit un bon moment avant que sa mère daigne lui ouvrir. L'accueil fut glacial. Jeanne Lenoir avait le regard vide des gens qui ont perdu tout espoir.

— Bonjour, maman. J'ai appris pour papa.

Jeanne n'eut quasiment aucune réaction. Elle était vivante, mais morte à l'intérieur.

Roxane força la porte pour pouvoir entrer dans ce qui était devenu un taudis. Partout des fioles, des plumes, des pattes d'animaux étaient dispersées dans un véritable capharnaüm.

— Que fais-tu avec tout ce fatras ? osa Roxane.

— Je soigne les gens qui ont des problèmes de santé et autres… dit-elle péniblement sans desserrer les dents.

— Mais… où as-tu appris à réaliser tous ces remèdes?

— C'est la vieille Blandine qui m'a légué ses secrets avant de mourir. Maintenant, c'est moi qui soigne les gens d'ici. Il y a suffisamment de plantes dans le Marais Vert pour soigner toutes sortes de maladies, crois-moi.

— Ce n'est pas un peu de la sorcellerie?

Jeanne lui répondit par une grimace et un haussement d'épaules.

— Elle a bien été brûlée comme sorcière, Blandine, si je me souviens bien?

Jeanne se fâcha.

— Mais non, qu'est-ce que tu racontes? Si c'est pour dire des bêtises, ce n'était pas la peine de revenir.

— Si je suis revenue, c'est pour t'aider, maman.

— J'arrive à vivre de mon activité, ma petite. Je ne t'ai pas attendue!

— Je pourrais t'aider à améliorer ton ordinaire, si tu veux bien m'héberger.

— Ah voilà, c'est donc ça! Tu cherches un endroit pour dormir!

Jeanne regarda sa fille qui avait bien grandi. Au bout d'un moment, elle lui dit :

— Tu peux prendre la paillasse de ton pauvre père, si tu veux.

— Merci, maman, cela me convient.

Elle regarda la paillasse et les habits de son père, posés dessus.

— Si tu permets, je vais porter les vêtements de papa.

— Tu en es certaine ?

Roxane répondit affirmativement par un signe de tête.

— Tu vas ressembler à un garçon !

— C'est le but, j'aurai certainement moins de problèmes si tout le monde me prend pour un homme. Et ceux que je porte, sont devenus vraiment trop petits.

— Mets au moins un chapeau pour cacher ta crinière rousse !

Roxane enfila les tenues masculines et se coiffa d'un chapeau, en y masquant sa chevelure ; elle regardait sa mère :

— Comme ça, maman ?

— Oui, c'est tout à fait ça. Tu es tout de même un garçon manqué, alors...

Roxane sourit à cette réplique maternelle.

Roxane aidait sa mère à la cueillette de plantes, de fruits et d'herbes mystérieuses pour elle, afin de concocter ses potions et ses philtres d'amour ou de guérison. De temps en temps, elle s'échappait de la maison pour chaparder sur le marché de quoi manger pour deux et améliorer l'ordinaire. Jeanne ne lui demandait jamais la provenance des victuailles mais elle avait quelques doutes. Entre feu son mari qui fabriquait de la fausse monnaie et sa fille voleuse, elle était bien mal lotie, pensait-elle. Certains jours, Jeanne allait bien. Elle retrouvait même parfois le sourire. Et d'autres, elle sombrait dans une profonde dépression et accusait

Roxane de tous les maux. Bien qu'indépendante, Roxane fatiguait un peu de se voir toujours accusée à tort.

Souvent des personnes venaient voir Jeanne pour des conseils ou se faire soigner. Elle tirait alors un lourd rideau pour que la consultation se fasse sans témoins et demandait parfois à Roxane de sortir de la maison. Elle ne voulait divulguer ses secrets à personne ! Les gens étaient généralement soulagés de leurs maux et lui donnaient quelques sous pour la peine ou la payaient en nature, avec des œufs, des champignons, des poissons et parfois même, quand les soins étaient longs et intenses, une volaille : c'était alors jour de fête, avec un bon repas à la clé !

Roxane resta quelque temps avant de se faire renvoyer une nouvelle fois. Pendant une crise plus forte que d'habitude, Jeanne vociférait en accusant la terre entière, accompagnée de gestes amples qui faisaient tomber des ustensiles et des fioles qui venaient se briser sur le sol en terre battue dans un vacarme épouvantable.

— Qu'ai-je fait pour mériter ça ! Tous ces malheurs qui m'accablent ! Ma fille Marie morte de la peste, puis mon mari pendu ! C'est toi qui portes la poisse, Roxane ! Disparais de ma vue !

Roxane, comme d'habitude, était la cible de ses accusations, et à l'entendre, la cause de tous ses problèmes. Elle prit alors la décision de quitter sa maison natale sans jamais y revenir. Elle regarda sa mère droit dans les yeux sans mot dire et se retourna pour sortir de la maison en claquant la porte.

## X

Le Roi Louis XIII aimait beaucoup assister aux tournois comme spectateur, mais aussi comme combattant. Le souverain avait grand plaisir à jouter à la lance et à l'épée, comme le prouve l'illustration parue dans le manuel écrit par son maître d'équitation Antoine de Pluvinel (*L'instruction du Roi en l'exercice de monter à cheval*, 1625). Il combattait en affrontant vaillamment le danger dans son armure étincelante et gagnait très souvent ces duels organisés. Ces grandes fêtes populaires étaient un moment privilégié pour réunir les habitants de la ville dans une célébration de la bravoure des chevaliers, qui pouvaient se distinguer dans des combats singuliers. À chaque passe d'armes, les gens applaudissaient pour encourager les plus braves et émettaient des cris d'horreur ou des pleurs quand un combattant tombait au sol et ne se relevait plus. Même si ces fêtes étaient plutôt joyeuses, elles constituaient aussi un entraînement pour les combats réels de la guerre, pour les hommes et les chevaux, dans les nouvelles techniques de combat chevaleresques.

Par suite d'une évolution dans la représentation et la mise en scène de la noblesse, les tournois disparurent, dans les manifestations publiques, au profit des carrousels et des arts de l'équitation. Les lances et les armures cessèrent d'être utilisées dans ces combats, avant de disparaître complètement.

*Mort de Louis XIII dit « le Juste », fils d'Henri IV et de Marie de Médicis, le 14 mai 1643 au château Neuf de Saint-Germain-en-Laye, assassiné par un moine fanatique. Son corps est porté à la basilique Saint-Denis sans aucune cérémonie, selon son propre désir afin de ne pas accabler son peuple d'une dépense excessive et inutile. Son fils, Louis XIV, lui succède.*

*Louis XIV, dit « le Grand » ou « le Roi Soleil », né le 5 septembre 1638 au château Neuf de Saint-Germain-en-Laye et mort le 1er septembre 1715 à Versailles, est roi de France et de Navarre. Son règne s'étend du 14 mai 1643 — sous la régence de sa mère Anne d'Autriche jusqu'au 7 septembre 1651 — à sa mort en 1715. Son règne fut l'un des plus longs de l'histoire de l'Europe et le plus long de l'histoire de France.*

XI

À cette période sévissait une grande famine en France. La guerre de Trente Ans, qui durait encore, faisait toujours de nombreuses victimes.

*La guerre de Trente Ans est une multitude de conflits qui ont déchiré l'Europe de mai 1618 à mai 1648. L'Alsace a perdu entre un et deux tiers de sa population pendant ce conflit. Les cultivateurs n'osaient plus labourer, de peur de se faire voler leurs chevaux.*

*Différentes causes ont déclenché ces guerres : la révolte des Tchèques protestants de la maison de Habsbourg, puis la répression qui en découla et enfin le souhait des Habsbourg d'étendre leur hégémonie et celle de la religion catholique dans le Saint Empire.*

*Dans les débuts du conflit, même si les nobles reconnaissaient encore la suprématie des Habsbourg, ils n'hésitaient pas à s'en prendre aux jésuites et à confisquer les propriétés des catholiques pour financer leurs troupes.*

*Cette campagne a engagé l'ensemble des puissances européennes selon qu'elles étaient pour ou contre le parti de l'empereur Ferdinand II roi de Bohême, à l'exception de l'Angleterre et de la Russie. L'emploi de mercenaires était la règle. Les combats se déroulaient surtout dans les territoires d'Europe centrale dépendant du Saint Empire, puis se portèrent sur la plaine de Flandres, dans le nord de l'Italie ou encore dans la péninsule ibérique. Les batailles, les famines, les massacres et les maladies provoquèrent plusieurs millions de morts, tant civils que militaires. Cette « guerre civile européenne » a lourdement pesé sur la démographie et l'économie des États allemands et du royaume d'Espagne, et assit l'hégémonie de la France, qui s'épanouit davantage encore sous le règne de Louis XIV.*

*C'est l'échaudage, un soleil trop fort au début de l'été, qui fait griller les graines des céréales et provoque la famine avec l'hiver très froid de 1649. Ce sont surtout les guerres de la Fronde (1648-1653), plus que la pluie, qui ont détruit les blés, arraché les vignes, brûlé les villages et piétiné les récoltes par les gens de guerre.*

*Ce conflit a été marqué sur le plan religieux par les violences entre protestantisme et catholicisme et sur le plan politique par l'affrontement entre féodalité et absolutisme.*

*Les tensions politiques et économiques s'accrurent entre les puissances européennes au début du XVIIe siècle.*

La Défenestration de Prague, advenue le 23 mai 1618, est l'étincelle qui a déclenché la guerre de Trente Ans.

*La Défenestration de Prague a eu lieu le 23 mai 1618 au château de Prague. Elle marque le summum de la fronde des nobles de Bohême contre la monarchie des Habsbourg, qui depuis un siècle était établie à la tête de ce royaume. Conséquence des rivalités religieuses, économiques et politiques qui déchiraient l'Europe centrale au début du XVII<sup>e</sup> siècle, cet évènement fut l'une des causes principales de la guerre de Trente Ans.*

*En 1617, la crise intérieure dégénéra en révolte. Le 21 mai 1618, les princes rebelles se réunirent au Carolinum de Prague (l'université Charles), mais sans les représentants des villes royales. L'assemblée, d'abord pacifique, tourna au tumulte après le discours de Heinrich Matthias von Thurn. Après une longue dispute avec les gouverneurs présents, Ladislas von Sternberg, Diepold von Lobkowitz, Jaroslav Borsita von Martinic et Wilhelm von Slavata, tinrent un tribunal improvisé et firent défenestrer Slavata et Martinic ; les deux hommes en furent quittes pour quelques blessures et une belle peur. Une reconstitution explicite pourrait donner à peu près ceci : le comte Jaroslav Borsita von Martinic, gouverneur impérial et Défenseur de la Foi, est le premier défenestré. Hissé contre son gré sur la fenêtre haute du palais, le comte est précipité dans le*

*vide, tête la première : « Jésus Marie ! Au secours ! »*
*Dix-sept à trente mètres plus bas, le comte s'écrase.*
*Le comte Wilhelm Slavata von Chlum et Koschum-*
*berk, lui aussi gouverneur et Défenseur de la Foi,*
*est le deuxième défenestré. Il appelle à son secours*
*la Vierge Marie. Agrippé au rebord de la fenêtre et*
*meurtri de coups, il voit ses mains lâcher prise. Puis*
*c'est au tour de Filip Fabricius, secrétaire des gou-*
*verneurs, qui est précipité par la fenêtre à la suite*
*de ses maîtres. Un des agresseurs, penché sur le re-*
*bord, crie : « Nous allons voir ce que votre Marie*
*peut pour vous ! » Aussitôt après, Martinic se met à*
*bouger : « Par Dieu, sa Marie l'a sauvé ! ». On leur*
*tire dessus sans les toucher. Martinic et Fabricius*
*s'enfuient en courant. Slavata est emporté incons-*
*cient par ses serviteurs.*

## XII

À l'anniversaire de ses vingt ans, devenue une grande et belle femme, Roxane reçut une terrible nouvelle : sa mère avait été brûlée comme sorcière. Après une cascade de larmes, elle ruminait.

— J'étais certaine qu'elle allait se faire accuser de sorcellerie comme Blandine, celle qui lui avait tout appris. Je l'avais prévenue plusieurs fois pourtant. Encore une âme charitable qui l'aura dénoncée. Peut-être un patient qui n'aurait pas pu guérir malgré ses soins et ses incantations, et l'aura trahie par pures représailles. Anne la voyante avait vu juste ! Je vais retourner à la maison et y rester un moment, le temps de voir venir...

*Les procès de sorcellerie, de 1582 à 1683, étaient basés sur le* Malleus Maleficarum *(littéralement « le Marteau des sorcières », c'est-à-dire le marteau contre les sorcières), un traité de démonologie des dominicains et inquisiteurs Henri Institoris et Jacques Sprenger, publié à Strasbourg en 1486 ou 1487. On en a recensé au moins 34 rééditions entre 1487 et 1669, période principale de la chasse aux sorcières. Une bonne part de cette première partie affirme que les femmes, à cause de leur faiblesse et de l'infériorité de leur intelligence, seraient par nature prédisposées à céder aux tentations de Satan. Il est en particulier recommandé d'utiliser le fer rougi au feu pour le rasage du corps des accusées en son entier afin de trouver la fameuse « marque du diable », qui prouverait leur supposée culpabilité, appelée l'Indicia (pattes de crapaud au blanc de l'œil, taches sur la peau, zones insensibles, maigreur...).*

*La sorcière illustre un couple maudit qui est celui de la femme et de son amant le diable, affublé d'un sobriquet peu reluisant tel que le Kochlöffel (cuiller de cuisine en bois), Strobutz (brin de paille) Ziegelscherb (débris de tuile). Mais la sorcière l'appelle Teuffel (diable), böse Feind (méchant ennemi), Buol (amant).*

*Le diable lui fournit un arsenal maléfique tiré de la magie naturelle qui guérit ou peut tuer par les plantes, parmi lesquelles la Teuffelspeterle (ciguë) ou Teuffelsgügle (belladone).*

*La rencontre se fait généralement à un moment difficile – faim, pauvreté, détresse de la victime – et elle peut se produire un peu n'importe quand.*

*Quand tout est consumé, il reste l'inventaire des biens de la sorcière qui dresse ses états de pauvreté ou de richesse et qui raconte aussi l'histoire intime de ses objets comme l'argenterie et les bijoux.*

*La maladie et la mort sont omniprésentes dans les procès. On y meurt beaucoup, frappé par les ins-*

truments du diable – baguette blanche, pommade noire, onguent, herbe, semence, poudre, somnifère, drogue, mercure... – qui paralysent ou empoisonnent. Mais l'empoisonneuse est aussi guérisseuse, elle connaît le contrepoison naturel (cerises cuites), décoction d'herbes en compresse (racines, purin...) ou spirituel (formules religieuses, eau bénite, cire, pain et sel...).

## XIII

Depuis la mort de ses deux parents, Roxane sentait la colère et la haine monter en elle en permanence. Elle ruminait le désir de se venger des fermiers généraux qu'elle estimait être responsables de leur ruine et de leur mort.

Elle comprenait que le moment était venu d'agir contre ces fripouilles. Mais comment faire ? Roxane passa encore de longues journées dans le Marais Vert. Elle croisait divers animaux, oiseaux, chiens errants avec lesquels elle amorçait un dialogue sans espoir de réponse à ses questions. Plus elle avançait, plus elle désespérait de rencontrer âme qui vive. La peste et la guerre avaient fait leur œuvre. Elle décida alors de se diriger vers le centre de la grande ville, Argentoratum (Strasbourg).

*Un des rares points d'amarrage accessibles sur le Rhin, l'emplacement de Strasbourg a été initialement créé en raison de sa situation géographique, bien que la première implantation fût à environ trois kilomètres de la rivière et ne communiquât avec le Rhin que par deux canaux. La première moi-tié du XV^e siècle a été très importante pour la ville ; appelée dans cette période « Strasbourg », parce que c'était à cette époque que la cathédrale a été construite 1439, par Jean Hultz, et parce que l'im-primerie a été inventée ici (1440) par Johannes Gensfleich, dit Gutenberg. En outre, entre les XIII^e et XVI^e siècles, la ville est devenue l'une des fortifi-cations les plus puissantes, d'abord de l'Empire al-lemand puis de la France. Elle a été renforcée pen-dant le Moyen Âge pour devenir un endroit entouré de murs et de tours. La ville n'était accessible que par les portes : la porte de Saverne (1349), la porte de Pierres (1347), la porte des Juifs (1399), la porte des Bouchers (1400), la porte des Pêcheurs (1541) et la porte Blanche, également du XVI^e siècle. La ville ne s'agrandit plus après le XV^e siècle.*

Roxane se précipita d'un coup tant elle était décidée, puis ralentit son allure, en avançant vers cette ville qui l'intimidait un peu et qu'elle trouvait déjà trop grande. Elle l'imaginait tel un dragon qui allait l'empêcher d'y pénétrer en lui barrant la route. Roxane appréhendait ce qu'elle allait trouver dans cette cité désormais im-mense. Plus elle s'approchait, plus elle avait l'impres-sion que les maisons grandissaient. Elle la trouvait maintenant monstrueuse. Elle hésitait. Allait-elle se laisser engloutir ? Allait-elle faire demi-tour ? Elle en eut la tentation pendant un instant.

— Non ! Tant pis, j'y vais !

Elle entreprit, d'un pas décidé, de monter à l'assaut du monstre et de lui tenir tête quoi qu'il advînt. Grande et mince, elle était toujours habillée avec les vêtements de son père, sertie de magnifiques yeux verts et cachant sa longue chevelure rousse bouclée sous un chapeau, Roxane était très déterminée. Après avoir traversé difficilement les douves et les fortifications, elle entra dans la grande ville – pas très rassurée tout de même – en quête de nourriture.

*Dans les caves historiques des hospices de Strasbourg datant de 1395, se trouve une lourde porte en bois qui donne accès à un tunnel construit à la même époque. Ce tunnel militaire défensif permettait de ravitailler rapidement en vivres et en armes les soldats postés sur les quatorze tours de la muraille qui protégeaient la ville.*

*Au fond de la cave, se trouve le* theatrum anatomicum*. Une salle secrète de dissection de la même époque. En pleine période de l'Inquisition, les médecins développaient leurs connaissances de l'anatomie avec leurs étudiants en disséquant les corps des condamnés à mort, noyés dans l'eau de l'Ill où flottaient les viscères déversés par les bouchers et les matières fécales. Enfermés dans une petite cage en fer et exposés au regard des passants pendant quelques jours, ils étaient ensuite exécutés par noyade. Appelé Pont aux supplices en 1308, il est aujourd'hui le pont du Corbeau qui surplombe l'Ill au niveau de l'Ancienne Douane.*

Elle n'avait rien trouvé à se mettre sous la dent depuis un moment déjà, à part quelques fruits glanés ici et là. Elle avait très faim. Elle décida instinctivement de trouver des restes de nourriture dans les tas d'ordures, parce qu'on y trouvait de tout. En escaladant le tas de détritus, elle aperçut beaucoup de nourriture.

— C'est incroyable tout ce que les gens peuvent jeter! Il y a là de quoi manger, et suffisamment pour demain.

*L'absence de véritables égouts et de nettoyages réguliers provoquait, dans les rues mal pavées et insalubres, l'accumulation des ordures et l'écoulement des eaux usées vers la rivière proche. En l'absence d'abattoir, les bouchers tuaient leurs bêtes devant chez eux et abandonnaient dans la rue les boyaux encore chauds, le sang et autres vidanges. Les tanneurs laissaient s'écouler les eaux nauséabondes qui avaient servi au nettoyage des peaux. La rue était tout de même bordée de boutiques d'artisans, d'échoppes de toiles de lin ou de chanvre, de cotonnades ainsi que d'ateliers d'ébénistes, de verriers, de faïence et porcelaine. Elles étaient signalées par de belles enseignes finement ouvragées car les gens étaient souvent illettrés. On pouvait trouver également, dans les arrière-cours, quelques lieux de luxure où les libertins s'adonnaient clandestinement à leurs mœurs dissolues et à leur liberté de pensée pouvant aller jusqu'à l'athéisme. Le libertinage vient de fait d'hommes de culture – pour n'en nommer qu'un, Cyrano de Bergerac (1619-1655) – qui fustigeaient la religion dans leurs ouvrages posthumes.*

## XIV

Roxane, toujours habillée en garçon, errait dans la ville labyrinthe, avec sa maigre pitance glanée dans les rues. À un moment, elle se retrouva sur la place du Marché-aux-Herbes (*place Gutenberg*). En remontant la rue Mercière, elle s'immobilisa quand elle fit face à la cathédrale Notre-Dame de Strasbourg qui trônait au bout de la rue. Elle était impressionnée par la taille du bâtiment. Elle prit son courage à deux mains pour oser s'approcher, puis s'aventurer à l'intérieur de l'édifice. Impressionnée par la nef et la croisée du transept, elle se dirigea lentement vers les différentes chapelles avant de passer devant le pilier des anges et l'horloge astronomique. Elle effectua en ressortant un long arrêt devant l'impressionnante chaire sculptée. Elle fit le tour de l'édifice pour admirer les sculptures des différentes portes et des tympans qu'elle trouva magnifiques. Elle ressortit de l'édifice ravie et comblée par tant de beauté. Elle avait du mal à s'en remettre mais continua tout de même son chemin.

En traversant la place des Cordeliers, elle vit un attroupement autour de ce qui semblait être une scène de théâtre, quelques planches posées sur des tréteaux et recouvertes d'un grand tissu noir. Elle s'en approcha timidement pour assister au spectacle. C'était Molière et ses amis Joseph, Armande et Madeleine Béjart qui parcouraient les provinces du royaume.

*Jean-Baptiste Poquelin, dit Molière, naquit le 15 janvier 1622 et décéda brutalement le soir du 17 février 1673 à son domicile, à l'âge de 51 ans. Il est le plus célèbre des comédiens et dramaturges de langue française.*

*Il est courant de penser que Molière a pu choisir son nom de théâtre en hommage à un romancier et libertin notoire, François de Molière d'Essertines.*

*Issu d'une famille de marchands parisiens, il s'associe à 21 ans avec une dizaine de camarades pour former la troupe de l'Illustre Théâtre, laquelle ne parvient pas à s'imposer durablement à Paris. Engagés en 1646 dans une prestigieuse « troupe de campagne » entretenue par le duc d'Épernon, gouverneur de Guyenne, puis par plusieurs protecteurs successifs, Molière et ses amis parcourent pendant douze ans les provinces méridionales du royaume. Au cours de cette période, Molière compose quelques farces ou petites comédies en prose et ses deux premières comédies en cinq actes et en vers.*

*Grand créateur de formes dramatiques, interprète du rôle principal de la plupart de ses pièces, Molière a exploité les diverses ressources du comique et a pratiqué tous les genres, de la farce à la comédie de caractère. Il a créé des personnages in-*

*dividualisés qui sont rapidement devenus des archétypes. Observateur lucide et pénétrant, il peint les mœurs et les comportements de ses contemporains, n'épargnant guère que les ecclésiastiques et les hauts dignitaires de la monarchie, pour le plus grand plaisir de son public. Ne se limitant pas à ces divertissements, ses grandes comédies remettent en cause des principes d'organisation sociale bien établis, suscitant de retentissantes polémiques et l'hostilité durable des milieux dévots.*

*De retour à Paris en 1658, il devient vite, à la tête de sa troupe, le comédien et auteur favori du jeune Louis XIV.*

*L'œuvre de Molière, une trentaine de comédies en vers ou en prose, constitue un des piliers de l'enseignement littéraire français. Elle continue de remporter un vif succès en France et dans le monde entier, et reste l'une des références de la littérature universelle.*

Roxane se fraya un chemin dans la foule en bousculant pas mal de personnes qui râlaient à chaque accrochage. Mais elle ne prêta aucune attention aux quolibets et autres insultes qui fusaient. Elle voulait se placer devant la scène. Elle avait entendu parler de ce comédien dont la tournée l'amenait à Strasbourg. Elle ne ratait pas une miette de ce texte qui lui semblait magnifique. Elle savourait chaque mot, chaque phrase, sans même connaître le titre de la pièce. Molière était là dans toute sa superbe, interprétant le rôle principal, comme il en avait pris l'habitude. Rires et éloges fusaient pendant la représentation. L'ambiance était excellente. Le public appréciait vraiment ce spectacle et réagit par des *hourra !* et des *bravo !* à la fin de la représentation. Molière et ses amis comédiens saluèrent la foule. Il prit la parole pour remercier son public et présenter les comédiens qui l'accompagnaient sur scène, avant de se retirer sous des applaudissements nourris.

Une fois descendus de la scène, Molière et ses comédiens prirent place à une table dressée pour eux, afin de faire ripaille. Roxane regarda les comédiens festoyer dans une ambiance de bons mots et de rires arrosés d'alcool et de mets raffinés. Elle n'osa pas s'approcher malgré la faim qui la tenaillait, intimidée par les dispositions de ces artistes aux multiples talents. Elle observa la scène un moment avant de s'éclipser. Son regard croisa celui de Molière et elle en fut tout émue.

— Je viens de croiser Molière, se dit-elle, sans être arrivée à lui parler. Dommage ! Ce n'est pas rien ! Mais qu'aurais-je bien pu lui dire ou lui demander ? Je n'ai aucune aptitude pour être comédienne. Il ne m'aurait jamais prise dans sa troupe, c'est sûr !

XV

Roxane tourna les talons et reprit son errance à travers la grande ville qui l'enveloppait dans son écrin de velours nocturne. Au milieu de quelques rares lumières blafardes et vacillantes, elle avançait vers son destin, trébuchant ici et là sur des ordures jetées à même la rue, qui représentaient un réel danger quand on glissait dessus par inadvertance.

Le quartier n'était guère engageant. Que des maisons lugubres. Elles avaient la couleur grise sale des cités de misère. Elle pensa qu'il devait être difficile de vivre là et encore plus d'y survivre. Son déguisement masculin l'aidait à paraître invisible. De faibles lueurs des lanternes munies de bougies éclairaient mal les ruelles étroites qu'elle parcourait à l'aveuglette. De vrais coupe-gorges. Elle était constamment sur ses gardes par peur d'être agressée, car un malheur pouvait arriver très vite.

Dans un des nombreux boyaux de ce quartier mal-famé, elle vit pourtant une enseigne avec une silhouette animale et s'en approcha : *Hôtel du Chat* était peint sur le métal ainsi que sur la façade.

« Du Chat noir », pensa-t-elle.

Après de longues hésitations, Roxane décida d'entrer. Elle enleva son chapeau pour laisser échapper sa crinière rousse et s'apprêta un peu. Il y avait une porte délabrée derrière laquelle se trouvait un bureau muni d'une petite lanterne. Dans la faible lueur, elle aperçut des volutes de fumée. Elle s'approcha.

— Bonsoir ! lança-t-elle.

Elle vit alors un homme lever son regard de son journal derrière des bésicles sales et il demanda :

— Que veux-tu, petite ?

La vision de l'homme au teint blafard, mal rasé et avec sa voix rocailleuse la fit frissonner de la tête aux pieds. Elle dit d'une voix hésitante :

— Je cherche du travail.

— Du travail ! Que sais-tu faire ?

— Le ménage, la vaisselle, les courses, tout quoi...

— J'en parlerai à ma femme ce soir. Reviens demain, nous en reparlerons, lui dit-il sans se lever de la chaise.

Elle n'osa lui dire qu'elle n'avait nulle part où dormir, acquiesça avec un sourire timide et repartit dans la rue où l'obscurité venait de tomber complètement. Il fallait trouver un endroit pour la nuit. Elle marcha droit devant elle et tomba sur un dépotoir sauvage au bord d'une rivière. Elle s'installa un peu à côté, pour éviter les mauvaises odeurs, et se lova dans le creux d'un arbre mort pour y passer la nuit. Mais le gite grouillait de bestioles rampantes et sautillantes. Elle décida de changer d'endroit en tâtonnant pour trouver un endroit plus confortable. Elle sentit une douceur au bout de ses doigts et se lova dedans.

Le lendemain, elle se réveilla en sursaut alors que le soleil pointait déjà, en se demandant ce qui bougeait sur elle. Confortablement installée dans une vieille corbeille remplie de chiffons où elle venait de dormir, elle vit un chat qui lui marchait effrontément sur le ventre en miaulant. Elle le caressa et le prit dans ses bras pour l'embrasser. Il était tricolore, une femelle aux poils longs.

— Toi aussi, tu dois avoir faim !

Elle fouilla dans son cabas et en sortit un morceau de peau de saucisson sur lequel le félin se jeta goulument. Après lui avoir prodigué de nombreuses caresses qui le firent ronronner, elle se décida à se lever, mit le chat dans la couche encore tiède où il se roula en boule pour continuer sa nuit. Roxane se dévêtit. Sa pudeur lui fit surveiller les alentours pour que personne ne puisse la voir nue, et elle entreprit de faire un brin de toilette dans la rivière. Après quelques rapides ablutions, elle se rhabilla en vitesse, car il faisait tout de même un peu frais. Elle s'empara d'un fruit à l'énorme pommier qui trônait là pour en faire un petit-déjeuner croquant et juteux.

— Dors bien, mon chat, maman doit aller travailler. À ce soir !

Elle se dirigea vers l'hôtel du Chat comme convenu. Après s'être trompée de rue plusieurs fois – la ville lui semblait encore plus grande le jour – elle se retrouva devant l'hostellerie. Après une courte hésitation, elle saisit la poignée et entra. Derrière le bureau, ce n'était plus l'homme aux lunettes mais une femme corpulente qui croisait rapidement les doigts et les aiguilles d'un tricot beige et rouge, avec sur son nez, les bésicles de son mari.

— Bonjour, madame, j'ai rencontré votre mari hier en vue d'un travail et il m'a demandé de revenir aujourd'hui.

La femme leva doucement la tête en regardant pardessus ses bésicles.

— Oui, il m'a parlé de votre rencontre. Tu sais ce qu'il y a à faire, alors ?

— Oui, madame ! Le ménage, la vaisselle, les courses... L'hôtelière hésita un peu.

— Et tu sauras faire tout ça ? Tu n'as pas l'air bien solide, ma petite.

— Oui, j'en suis très capable, j'ai tout de même plus de vingt ans !

— On ne dirait pas, tu es toute maigre. Mais bon. Je te laisse une chance. L'évier est plein de couverts et d'assiettes : commence par la vaisselle.

La grosse dame daigna quitter son siège pour montrer la cuisine à Roxane.

Comment t'appelles-tu ?

— Roxane, madame.

Quand elle vit la montagne de vaisselle, elle fut un peu désespérée. Mais bon, il fallait bien travailler pour vivre. Elle s'avança vers l'évier et la dame reprit sa place à l'accueil après lui avoir donné un tablier. Après un long moment à laver, essuyer et ranger, elle revint vers la dame pour demander où se trouvaient les chiffons, le balai et la serpillère afin de s'attaquer au ménage. La dame, sans se lever, lui indiqua un placard où elle trouva tous les outils nécessaires.

— Les chambres sont à l'étage !

Elle s'attaqua aux quatre chambres que comportait l'hôtel, astiquant, faisant la poussière, balayant et changeant les draps de lit et les taies d'oreiller, pour terminer sa journée éreintée. Elle fit un tas avec le linge sale dans une corbeille pour les lavandières.

— J'ai terminé, madame Thomas.

— C'est bien, je vais vérifier si le travail a été bien fait.

Elle se leva et passa dans la cuisine et les chambres pour contrôler le travail de Roxane. En revenant, elle affichait un large sourire, la première fois depuis leur rencontre. Elle lui paya sa journée avec quelques pièces ; c'était peu, mais bon, elle avait du travail.

— C'est bien, ma petite. Tu peux revenir demain et sois à l'heure !

— Oui, madame !

Roxane tourna les talons avec un grand sourire. Elle avait un travail et un peu d'argent pour se nourrir et s'habiller. Elle retrouva sa corbeille pleine de chiffons où le félin tricolore l'attendait tous les soirs. Les jours suivants se ressemblaient. Toujours les mêmes tâches avec la même fatigue. Mais elle donnait le maximum pour pouvoir continuer à travailler dans l'établissement, même si cela était plutôt mal payé. Il fallait qu'elle soit indépendante financièrement.

Un matin où elle arrivait à l'hôtel, madame Thomas la toisa et lui ordonna :

— Roxane, viens ici !

Roxane ne comprit pas le revirement d'humeur de sa patronne.

— Le client de la chambre trois s'est plaint. Il lui manquerait un manteau qui était dans son armoire.

— Et...?

— Comme il n'y a que toi qui passes dans les chambres, ce vol est certainement de ton fait.

— Mais non, madame Thomas, je vous jure que non!

— Ne jure pas! Tu comprendras que je ne peux laisser planer le doute et que je me dois d'avertir la police!

— Mais ce n'est pas moi! Je ne suis pas une voleuse!

— C'est à la police de déterminer qui est le ou la coupable. Je te paie tes gages et c'est bien sûr inutile de revenir. Reste là en attendant que la police t'interroge. J'ai envoyé mon fils les prévenir.

Ne voyant comment s'en sortir, elle prit l'argent de son maigre salaire et partit en courant sans que madame Thomas puisse réagir.

— Je te retrouverai, ma garce, tu peux en être sûre!

Mais Roxane était trop rapide et sa silhouette disparut entre les maisons comme une ombre fantôme, hors de la vue de l'hôtelière.

*Tout le monde à Strasbourg connaissait Paulinus Porchel, appelé Pépé par ses initiales (P.P.) alors qu'il avait à peine douze ans. Il se promenait continuellement dans la ville en distillant son venin. Il était toujours là où on ne l'attendait pas. Il était plutôt gentil mais simple d'esprit. Il adorait se moquer des gens, qui ne lui en voulaient pas car ils savaient qu'il n'avait pas toute sa raison.*

Pépé, qui avait assisté à la scène de loin, la rattrapa difficilement, tant elle cavalait vite. Elle reprenait son souffle et avait déroulé sa crinière rousse bouclée et il en profita.

— Tu vois bien que tu es une fille, une jolie fille, même ! Je le savais ! Je le savais !

— Tais-toi donc, abruti, tu vas ameuter tout le quartier, et comme j'ai la police aux fesses, je préfère me faire oublier.

— Tu t'es fait renvoyer, ma parole !

— Ils ont trouvé le prétexte d'un manteau disparu pour m'accuser de vol.

— Mais tu n'es pas une voleuse, bien sûr !

— Bien sûr que non, je n'aurais pas risqué de perdre ma place en volant un client.

— Tu aurais pu le prendre pour le donner à un pauvre !

— Tu as raison, mais non, ce n'était pas moi. Il l'a sans doute pris et l'aura oublié.

— Elle est innocente, elle est innocente ! cria Pépé en s'éloignant.

— Cela va peut-être m'aider à me disculper... ou pas, pensa-t-elle.

Roxane était à nouveau en fuite et en recherche de nourriture... Dans son échappée, elle rencontra une autre âme perdue qui errait dans la ville : Marguerite, qui ne se souvenait plus de son nom de famille à la suite des nombreux coups qu'elle avait reçus de son père quand il avait trop bu. Après lui avoir raconté brièvement son histoire, elle accepta rapidement de suivre Roxane, car la vengeance l'habitait également contre les fermiers généraux qui avaient conduit sa famille à la misère. Toutes deux vêtues au masculin pour éviter de se faire agresser, elles vivaient de contrebande et de menus larcins. Elles restaient toujours ensemble pour les cambriolages, les vols, etc. Pendant que l'une volait, l'autre surveillait. Elles parcouraient les rues de la grande ville, tout en se disant que deux personnes ne pouvaient faire une bande assez efficace pour se battre contre les fermiers généraux. Il fallait un peu d'organisation. Elle exposa son plan à différentes personnes rencontrées ici et là, mais très peu avaient le courage et l'audace de les rejoindre. Elles allaient trainer du côté du Marais Vert où Roxane pensait avoir plus de chance. En effet, deux jeunes de son âge, qui traînaient sur le dépotoir, étaient tentés par l'aventure, et surtout pour dérober les richesses spoliées et en redonner une partie aux plus pauvres. Elle retrouva ainsi Augustin et Adélaïde qui voulurent se joindre à elles sans hésiter. Mais cela lui semblait suspect.

— Nous sommes partants pour te suivre !

Elle avait un doute, et leur posa la question.

— Mais… vous faites partie de la bande de Dodo ?

— Faisions…, répondit Augustin. Il a décidé de changer de région et nous avons refusé de nous joindre à lui.

— Comment puis-je être sûre de votre fidélité ?

Augustin se tourna vers Adélaïde avant de regarder Roxane dans les yeux.

— Nous te jurons fidélité et obéissance pour toute notre vie ! dit-il en levant la main.

Roxane, bien que surprise, décida de leur faire confiance.

— Bien, je vous crois.

En regardant Augustin dans les yeux, elle lui demanda :

— Tu me reconnais ?

— Il me semble, mais je n'en suis pas certain !

Elle enleva son chapeau pour dérouler sa superbe chevelure.

— Roxane ?

— Oui, c'est moi.

— Tu as bien changé. Je me souviens d'une petite fille…

— … qui a bien grandi depuis, dit-elle avant de remettre son chapeau.

La bande était maintenant constituée de quatre membres. Elle leur expliqua son plan pour commencer sa mission sans attendre. C'était sa croisade pour s'attaquer aux fermiers généraux et ainsi venger ses parents et toutes les personnes lésées par ces puissants voleurs.

— Le Marais Vert doit être vengé !

Toute la bande émit des cris de joie et ils se mirent en marche pour trouver un endroit qui serait leur quartier général, comme une maison abandonnée, pas trop loin du Marais Vert.

## XVI

L'effronterie de Roxane n'avait pas de limites. Elle appliquait sa justice et n'avait peur de rien ni de personne. Vols à la ferme, contrebande de sel, tabac, faux tabac, tissus de mousseline, étoffes indiennes, café, épices, armes à feu ou blanches, montres et bijoux... tout ce qui était rare et permettait de faire du bénéfice, comme certains incunables, par exemple.

Il est facile de comprendre comment, dans la plupart des villes, vivaient des hommes et des femmes qui pour échapper à la misère étaient prêts à braver les interdits en commettant des vols ou en pratiquant la contrebande. Certains allaient jusqu'à perpétrer des meurtres sur les chemins pour détrousser les gens.

La petite bande vivait de trafics et de menus larcins. Souvent, le marché était leur lieu de prédilection. Pendant que l'un détournait l'attention, l'autre volait dans les paniers. Ils avaient acquis une grande aisance à voler discrètement sans que les gens s'en aperçoivent. Ils se retrouvaient dans leur quartier général pour évaluer le butin de la journée, manger et boire à satiété. Melchior Domont, le guetteur, avait été recruté par Roxane au gré de ses pérégrinations. Il n'avait plus de famille depuis

longtemps et errait dans la ville à la recherche de nourriture. Gabriel Hamont, l'intello, avait quitté les siens
car il ne supportait plus une famille qui s'embourgeoisait trop et avait rencontré la bande un peu par hasard
dans la cathédrale quand ils cachaient leur butin.

## XVII

Quand Pépé croisa Roxane vêtue des habits de son père, il ne put s'empêcher de lui lancer :

— L'habit ne fait pas le moine, Roxane !

Elle le regarda dans les yeux et lui lança sans l'avoir reconnu :

— Qui es-tu ? Comment connais-tu mon nom, petit effronté ?

— Je suis Pépé, je me promène dans la ville au gré de mes envies. Ce n'est pas difficile de connaitre ton nom, la police et les mousquetaires te courent après depuis longtemps, toi et ta bande ! Mais toute la population vous soutient… et moi aussi !

— Tais-toi, Pépé !

— Tu pensais passer inaperçue en te déguisant en homme, mais c'est raté. Pépé voit tout. Tu veux que je t'enlève le chapeau, pour voir ?

— Ne me touche pas ! Sinon je te fais passer par le fil de l'épée !

— Épée…, Pépé…, j'aime bien, ça rime !

— Ça ne rime à rien ! N'insiste pas !

Connaissant Roxane, il savait qu'elle ne plaisantait pas, même si elle n'avait jamais mis une telle menace à exécution.

## XVIII

À l'ancienne douane, centre névralgique du commerce strasbourgeois, il leur était facile de voler les denrées débarquées par bateaux depuis l'Ill. Deux grues de vingt mètres de haut permettaient de décharger les ballots, les caisses et essentiellement des tonneaux de vin, depuis les énormes barques amarrées au débarcadère en épis. Les colis étaient déposés sur les quais sans vraiment de surveillance. L'un ou l'autre de la bande se faufilait entre les paquets, les crevait avec un couteau pour extraire un peu de ces précieuses denrées afin de repérer ce qui pouvait être intéressant. Ils revenaient en soirée, avant que les marchandises ne soient stockées dans les hangars, pour se servir en plus grande quantité après avoir saoulé le gardien censé surveiller les produits alimentaires et autres. Melchior s'avança vers le garde.

— Halte-là, cria-t-il à Melchior qui devait faire diversion et surveiller les alentours.

— Holà ! Tout doux l'ami, je viens t'apporter de quoi étancher ta soif.

— Qu'est-ce qui te fait croire que j'ai soif ?

— Je te connais, tu as toujours soif !

La sentinelle était méfiante et regardait de tous les côtés pour être sûr qu'il était bien seul.

— Tu as raison, l'ami. Que m'apportes-tu de bon ?

— Une vieille eau-de-vie de contrebande, tu m'en diras des nouvelles !

L'homme prit la bouteille pour boire au goulot. Il avait une sacrée descente. Il la tendit à Melchior qui n'en prit qu'une petite gorgée afin de garder les idées claires.

— C'est pour toi ! dit-il en tendant la bouteille à l'homme qui ne se fit pas prier. Au bout d'un moment, et tout en discutant de son travail, de ses responsabilités et de sa vie de famille, il avait sifflé toute la bouteille et ne marchait plus très droit. Il fit quelques pas avant de s'affaler sur un sac de toile et commença à ronfler. C'est le moment que choisit le reste de la bande, cachée à proximité, pour sortir de l'ombre sur un signe de Melchior et avancer la charrette pour entreposer un maximum de marchandises qu'ils avaient repérées. Ils avaient enroulé des chiffons autour des roues pour ne pas faire de bruit. Le gardien dormait toujours... Leur larcin effectué, ils repartirent discrètement pour se retrouver au quartier général, dresser un inventaire de leurs besoins, et distribuer le reste aux nombreux pauvres de la ville le lendemain.

Roxane décida de changer de tenue pour avoir l'air d'un vrai chef de bande, et trouva son bonheur dans les ballots de vêtements qu'ils venaient de dérober. Pendant que les autres se servaient en choisissant des habits à leur goût, Roxane trouva un chemisier blanc, un petit gilet sans manches qu'elle porta sur un pantalon de toile souple tenu par une ceinture garnie d'une grosse boucle, une belle paire de bottes qui montaient jusque sous le genou, un nouveau chapeau de feutre orné de quelques plumes colorées. Elle trouva dans une caisse un sabre ainsi qu'un pistolet. Elle rangea son sabre dans son baudrier et mit son pistolet à la ceinture, puis demanda à Augustin :

— Alors, je ressemble à un vrai chef de bande, comme ça ?

— Oui, vraiment ! Tu es la plus belle !

Roxane lui rendit le sourire qu'il lui fit à la fin de sa phrase. Les autres avaient trouvé des vêtements qui leur convenaient et ils décidèrent de brûler leurs vieux oripeaux dans un grand feu de joie.

— Demain, nous allons distribuer le reste des vêtements aux gens qui en ont vraiment besoin.

Toute la bande approuva la décision de Roxane.

Avec sa bande, elle distribua des vêtements aux plus démunis en leur expliquant leur démarche. Les gens étaient ravis de cette aide inopinée et firent passer l'information dans toute la ville. En échange, ils aidaient parfois la bande en les prévenant d'un passage de policiers ou de mousquetaires, ce qui leur évita bien des ennuis.

## XIX

La rapine était plus difficile dans le Pfennigturm (*tour aux Pfennigs, construite en 1321*) qui ferme la place des Cordeliers (*place Kléber*), l'ancienne place des Va-nu-Pieds (Barfüßerplatz). C'était le centre névralgique où était déposé le trésor de la ville, composé des impôts et de la dîme.

*La tour aux Pfennigs, quadrangulaire, comportait à sa base deux grandes portes permettant le passage sous la tour. Surmontée de quatre étages, le sommet était dominé de quatre tourelles crénelées à chaque coin. Elle abritait également des archives de la ville de Strasbourg et aurait également accueilli des fêtes somptueuses. L'édifice a été détruit au XVIIIe siècle.*

Roxane avait pris la décision d'entrer tout de même dans la tour et de récolter quelques bijoux lors d'une fête donnée dans l'édifice. Elle expliqua son plan à la troupe.

— Nous allons essayer d'entrer ! Enfin... « je » vais essayer. Personne n'a de vêtements corrects pour ce genre de réception et vous seriez repérés et refoulés tout de suite. Je vais m'habiller pour la circonstance, mais je vais y aller sans armes.

Les membres de la bande sourirent à cette remarque. Ils savaient qu'elle avait raison. Donc, seule Roxane, habillée pour l'occasion d'une robe longue garnie de nombreuses poches intérieures, quelques bijoux, une petite coiffe et des chaussures neuves glanées dans leur butin, se joignit à la fête d'anniversaire d'une personne qu'elle ne connaissait pas. Malgré la discrétion dont elle fit preuve, certaines personnes la regardaient de travers car elle leur était totalement inconnue. Elle prit un verre sur le plateau présenté par un domestique et se mêla à la conversation de deux personnes qui tenaient un verre à la main en procédant à de savantes digressions. Elles se saluèrent d'un hochement de tête avec un grand sourire. Roxane fit semblant de s'intéresser à la conversation pour détourner leur attention afin de leur dérober quelques joyaux sans qu'elles s'en rendent compte, au moment où elles riaient un peu trop fort. Après quelques essais plutôt fructueux, elle se dirigea vers la sortie avant que les convives s'aperçoivent du vol de leurs ornements. Elle sortit aussi discrètement qu'elle était entrée, reposa son verre vide sur un plateau, avant de se retrouver à l'air libre. En s'éloignant de la tour, elle se mit à inspecter le fond de ses poches remplies de bijoux, mais elle était frustrée car le butin de leurs expéditions était beaucoup plus abondant que les quelques pierres récoltées ce soir-là.

— Cette soirée n'a pas été très intéressante, le butin est plutôt maigre pour une prise de risque assez grande dans ce monde qui n'est pas le mien. Bon, j'aurais essayé. C'est toujours ça de pris à ces femmes qui ont les moyens de remplacer facilement leurs objets volés. Donc, pas de regrets.

## XX

La bande de Roxane trafiquait également du côté des Ponts couverts qui servaient à passer d'une rive à l'autre de l'Ill en toute discrétion. Le passage était aisé sur la route ou sur l'eau. De ce côté de la ville, c'était plutôt le tabac et le café qui marchaient bien. Ils en avaient volé plus qu'il n'en fallait dans les entrepôts de l'ancienne douane et écoulaient leur marchandise en petites quantités pour éviter de se faire repérer. Le monde qui fréquentait ce pont-route était important et permettait de se fondre dans la masse en toute discrétion jusqu'au pied des tours. Les affaires tournaient bien à cet endroit. Le bouche-à-oreille avait bien fonctionné et beaucoup de gens venaient se fournir ici.

*Les ponts couverts de Strasbourg constituaient un ensemble de trois ponts enjambant l'Ill au cœur du quartier de la Petite France. Construits de 1230 à 1250 sur les bras de la rivière Ill, ils servaient de ponts-routes et à la défense de la ville contre des attaques qui viendraient de l'ouest. Ils furent construits pour fermer l'accès à l'Ill. En 1332, les piliers de soutènement en bois furent remplacés par de so-*

*lides piles en maçonnerie. La dénomination de «Ponts couverts» rappelle qu'ils formaient une succession de galeries couvertes d'une toiture de tuiles à partir du XIV<sup>e</sup> siècle. Si les galeries étaient ouvertes du côté de la ville, elles étaient fermées d'une paroi en bois et percées de meurtrières pour l'artillerie du côté extérieur. Au XVI<sup>e</sup> siècle, Daniel Specklin perfectionna le système défensif de l'ensemble. Sur ces ponts s'intercalaient cinq tours carrées crénelées massives servant de prison. Ouvrage militaire destiné au passage et à la défense, chaque tour était pourvue sur trois côtés de six à neuf meurtrières par étage. Vers 1570, des herses en fer furent installées afin de condamner, en cas de danger, l'accès à la ville depuis la rivière. Sur les parois des cellules, les détenus gravèrent quelques centaines de graffitis à l'aide d'objets tranchants, pour rappeler une vingtaine de dates entre 1530 et 1595.*

## XXI

Certains membres de la bande se font prendre dans un piège, tendu par la police qui avait observé leur manège sur la place des Cordeliers. Les policiers s'étaient postés près du dépôt de marchandises pour les surveiller. Augustin avait subtilisé une botte de légumes. Les policiers fondirent sur lui et il eut le réflexe de donner les légumes à Adélaïde en lui demandant de fuir. Mais malheureusement, les policiers étaient trop nombreux.

— Je n'ai rien fait, cria Augustin, ce n'est pas moi !

Adélaïde était déjà ceinturée par la police avec son ballot de légumes dans les mains, n'ayant pas eu le temps de s'en débarrasser avant l'assaut. Elle était terrorisée. Se faire avoir comme ça, bêtement. Elle rageait intérieurement. Elle croisa le regard d'Augustin qui lui aussi avait l'air dépité. Même Melchior, le guetteur, n'avait rien vu venir. Les policiers étaient bien cachés autour de la place et semblaient surgir de nulle part. Achille et Marguerite aussi ont été arrêtés, mais n'ont pas eu le temps de chaparder quoi que ce soit. À la vue de la police, ils ont remis discrètement leur larcin en place, mais cela ne les a pas empêchés d'être pris. Mais ils furent rapidement relâchés avec un rappel à la loi.

Pépé, infatigable déambulateur, avait assisté à la capture d'Augustin et d'Adélaïde sur la place.

— Vous avez volé, vous voilà attrapés, criait-il en tapant dans les mains.

Les gens le regardaient en souriant car ils le connaissaient bien.

— Vous allez en prison maintenant, comme tous les voleurs. Pépé est content! Pépé est content!

Augustin fit signe à Adélaïde de ne pas réagir, car il le savait handicapé.

Augustin et Adélaïde furent emmenés au poste de police en attendant que l'on décide de leur sort. Ils se retrouvèrent en prison, dans la même cellule.

— Je n'ai pas pu leur échapper. Je suis désolée, dit tristement Adélaïde.

— Ne t'inquiète pas, moi non plus, je n'ai pas couru assez vite. Ils étaient trop nombreux. Ils ont dû nous repérer depuis longtemps pour nous tendre un piège pareil.

— Qu'est-ce qu'on va faire?

— Je ne sais pas. On va attendre de savoir ce qu'ils vont faire de nous. Sans doute pas grand-chose, ce n'est qu'un petit vol. Mais le reste de la bande a volé beaucoup plus que nous après notre arrestation. Ils vont certainement trouver un plan pour nous faire évader, si la condamnation est plus lourde que prévu.

— Tu crois?

— Mais oui, ne t'inquiète pas. On va les attendre et se reposer un peu jusqu'à leur arrivée. Ils ne vont pas tarder. Je suis sûr que Roxane est déjà en train de réfléchir à un plan pour nous libérer. Le temps de bien le fignoler et ils vont entrer en action.

— Si tu le dis…

— Mais oui, ne t'en fais pas, Adélaïde, je suis avec toi.

L'angoisse reprit le dessus un moment.

— Et si elle décide de te délivrer en me laissant ici ?

— Mais non, aucun risque, tu sais qu'on s'entend bien Roxane et moi. Donc, si elle organise une évasion, ce sera pour nous libérer tous les deux. De toute façon, je ne partirai jamais sans toi.

Ces dernières paroles avaient fini de rassurer Adélaïde qui se calma enfin.

— Bon, d'accord…

— La connaissant, il est même possible qu'elle nous délivre avant que nous connaissions notre condamnation.

— C'est vrai qu'elle ne laisse pas traîner les choses. Nous faisons partie de la bande, après tout…

— On va leur manquer rapidement. Ils vont venir nous délivrer très vite.

Adélaïde esquissa un petit sourire empreint de joie et de doutes. Elle, la douce blonde aux yeux bleus, angoissait tout le temps. Le fait de se retrouver enfermée dans une prison provoquait chez elle une crise d'anxiété plus intense qu'à l'habitude. Elle se demandait si elle pourrait effectivement sortir de cet endroit sordide. Son frère était avec elle mais cela ne faisait que peu baisser son inquiétude pour autant. Elle se dit qu'elle allait faire confiance à Augustin pour attendre ensemble leur libération par Roxane. Ce qui ne l'empêchait pas de se poser mille questions sans avoir de réponses. Elle avait du mal à gérer son angoisse quasi permanente.

## XXII

Roxane réfléchissait effectivement à un plan pour faire évader Augustin et Adélaïde. Dans leur planque, la bande était autour d'elle et se creusait les méninges.

— On ne peut pas attaquer le poste de police de front...

— Tu as raison, Gabriel, beaucoup trop dangereux.

— Il faudrait attendre un transfert vers la prison locale, en dehors de la ville, où ils seront forcément à découvert à un moment.

— Oui, mais comment intervenir ? Nous ne pourrons pas les intercepter, nous avons trop peu d'armes !

— Je sais où en trouver, ajouta Melchior d'un air malicieux.

— Ah bon... ?

— Oui, je connais la cachette d'une bande rivale qui sort rarement avec ses armes, sauf pour les attaques. Elles restent dans un endroit que je connais par le frère d'un ami qui a vu la bande déposer ses armes à cet emplacement.

— Allez, raconte !

— La cache se trouve dans une grange, sous un immense ballot de paille. Il suffit de se servir !

— Oui, mais ils ne sont pas bêtes au point de laisser leur arsenal sans surveillance.

— Si, ils sont stupides. Il faut qu'on y aille tous ensemble et je pourrais guetter pendant que vous vous servez.

— D'accord, s'exclama Roxane. Nous irons voler ces imbéciles dès demain. Ils ne vont pas comprendre ce qui leur arrive !

Le lendemain matin, toute la troupe était sur le départ pour commettre le larcin. Arrivés sur les lieux, guidés par Melchior, ils attendaient qu'il se mette en place pour vérifier s'il n'y avait personne aux alentours. Il observa les environs et ne vit personne. Il fit le signal, le cri de chouette effectué en réunissant ses deux mains et en y laissant un petit espace entre les pouces pour y souffler, dans la direction de Roxane.

— C'est le signal ! On y va !

Sa troupe lui emboita le pas pour fouiller sous la paille, où ils trouvèrent effectivement des fusils, pistolets et armes blanches, sabres et couteaux. Ils emmenèrent tout ce qu'ils pouvaient et s'éclipsèrent sans demander leur reste. Roxane en profita pour se munir d'un deuxième pistolet.

## XXIII

Ils étaient désormais suffisamment équipés en armes pour délivrer leurs amis. Roxane expliqua le plan en détail avec les recommandations de Gabriel, pour que l'attaque puisse se faire dans une clairière bien dégagée, avec toutes les chances de réussite. Arrivés dans la forêt, près d'une trouée, chacun se cacha derrière un arbre ou un fourré en attendant le passage du fourgon cellulaire dont ils avaient appris la date et l'heure de passage par une indiscrétion d'un policier complètement ivre le soir même.

Après une longue attente, le fourgon fut en vue alors qu'ils commençaient à s'impatienter. Il dut stopper subitement devant l'arbre qu'ils venaient de faire tomber pour barrer la route. Le cocher tira fortement sur les rênes pour arrêter la course des chevaux lancés à vive allure. Toute la troupe surgit du bois en menaçant les policiers et gardiens qui conduisaient l'attelage. Surpris, ils n'eurent pas le temps de dégainer leurs armes. Roxane, un pistolet dans chaque main, menaçait les policiers.

— Vous êtes arrivés ! Personne ne bouge !

La bande les désarma tout en les tenant en joue pendant que Melchior faisait sortir leurs amis du fourgon. Roxane s'adressa aux policiers et aux gardiens.

— Et maintenant, tout le monde descend !

Les policiers désarmés furent rassemblés derrière le fourgon, toujours sous la menace des armes.

— Nous allons voir lequel d'entre vous court le plus vite. Allez ! Partez !

Les policiers commencèrent à marcher avant que Roxane ne tirât en l'air.

— Un peu de nerf, voyons !

Ce qui les fit détaler. Ils fuyaient dans les bois dans tous les sens, ce qui fit rire toute la bande. La joie des retrouvailles fut courte.

— Ravi de vous revoir libres, les amis !

Ils partirent immédiatement à la recherche d'une forge où ils pourraient briser les chaines de leurs amis pour les libérer définitivement. Ils trouvèrent leur bonheur à l'entrée d'un village où ils virent la lumière du feu d'une forge.

Quand le forgeron les vit arriver, il se douta bien de ce qui s'était passé. Il avait entendu le coup de feu et connaissait bien l'action de la bande de Roxane ; il les aida volontiers. Le grand blond aux yeux bleus, sans doute un descendant des Suédois, baraqué comme il l'était, fit sauter d'un coup de marteau sur un gros burin les chaines d'Augustin et Adélaïde ravis d'être enfin libres.

— Ce n'est rien, vraiment ! J'ai entendu parler de vos opérations pour redistribuer les richesses volées et j'approuve totalement votre démarche. Si vous avez encore besoin de moi, vous savez où me trouver !

— Merci beaucoup, dit Augustin avec un grand sourire, content de ne plus être entravé.

— Ce fut un plaisir de pouvoir vous aider ! Vraiment.

— Nous sommes heureux de votre collaboration et je voulais vous remercier, dit Roxane en lui tendant une bourse.

— Non merci, je l'ai fait pour vous aider et pour vous soutenir. Je ne veux pas être payé !

— C'est tout à ton honneur, forgeron. Quel est ton nom ?

— Je m'appelle Marcus. Marcus Maille.

— Encore merci d'avoir délivré mes amis, Marcus, tu es un homme d'honneur.

Ce à quoi Marcus répondit par un petit sourire. Il avait la satisfaction du devoir accompli.

Toute la bande quitta la forge en saluant de la main le forgeron qui leur rendit leur salut le marteau à la main.

Ils se retrouvèrent ensemble après ces fortes émotions.

— On les a eus, ces guignols !

— Ils se sont fait surprendre et n'ont même pas pu réagir.

— Heureusement ! Sinon il aurait fallu faire feu !

— Je n'aurais jamais pu, dit Gabriel.

— Moi non plus, mais ils ne le savaient pas !

— C'était drôle de les voir courir comme des lapins !

Toute la bande se mit à rire sans pouvoir s'arrêter.

— Si nous allions fêter ça, les amis ?

— Oui, avec plaisir ! Vive Roxane !

— Et Marcus !

Toute la bande la reprit en chœur.

— Oui, les émotions ça creuse, ajouta Augustin.

Ils se dirigèrent vers leur quartier général, une maison abandonnée près de la ville, pas très loin du Marais Vert, où ils firent la fête jusqu'au bout de la nuit, heureux d'être à nouveau tous réunis.

## XXIV

Roxane, la rousse à la grande crinière bouclée, décida de retourner à l'endroit de son enfance avec Marguerite, la petite brune toujours rêveuse, d'où son surnom de La Lune. Elle voulait lui montrer la maison où elle était née. Arrivées dans le Marais Vert, elles virent que la maison familiale avait été brûlée. Roxane versa tout de même une petite larme. Marguerite lui mit une main sur l'épaule pour lui faire comprendre sa compassion. Prises par l'émotion, elles ne virent pas tout de suite les ombres furtives qui tournaient autour d'elles. Elles ne savaient pas vraiment à quoi s'attendre.

— Tu penses que ce sont les hommes des Fermes ?

— Sans doute, ou des policiers. Mais je ne comprends pas comment ils ont pu savoir que nous allions nous rendre au Marais Vert.

En un éclair, elles furent entourées de plusieurs personnes au comportement hostile. Ils étaient armés jusqu'aux dents, contrairement aux filles qui n'avaient pas jugé bon de s'armer pour venir jusqu'ici, car elles n'y voyaient aucun danger. Au signal donné, trois hommes empoignèrent les deux filles pour les plaquer au sol et les ficeler. Roxane, encore dans la tristesse de sa maison brûlée, ne réagit presque pas. En revanche, Marguerite réussit à mordre ses assaillants et à prendre la fuite rapidement.

— Laissez-la, dit celui qui devait être le chef, c'est Roxane qui nous intéresse. L'autre ira raconter l'histoire à ses amis pour qu'ils deviennent un peu plus méfiants à l'avenir.

Comme d'habitude, Pépé était présent lors de la capture de Roxane. Caché derrière un fourré, il eut le temps de surgir, de prendre la main de Marguerite et de la tirer vers lui.

— Viens vite, Marguerite, courons pour nous échapper.

Ils filèrent rapidement sans se retourner.

Roxane se tourna vers celui qui dirigeait la troupe.

— Comment avez-vous su que nous viendrions aujourd'hui ?

L'homme eut un petit sourire en coin.

— C'est grâce à un homme qui a été amnistié à condition de nous livrer ta petite personne. Il avait posté des hommes à lui près du chemin qui mène à ta maison ; il suffisait qu'il nous prévienne pour que l'on vienne te cueillir.

— Ah, le traître ! Si je le retrouve, je l'éliminerai vite fait.

— Pour l'instant, tu vas croupir en prison pendant un bon moment, crois-moi.

Il se retourna vers ses hommes.

— Allez, les gars, on y va !

La troupe et sa prisonnière s'en retournèrent pour l'amener à la commanderie des Chevaliers de Saint-Jean en ruines, dans la Petite France, où quelques pièces encore debout servaient de geôles de fortune. Ils appelèrent ce lieu la prison, tout simplement, puisqu'on y enfermait des personnes.

*L'ancienne commanderie des Chevaliers de Saint-Jean, transformée en prison en 1734, pour devenir le tristement célèbre* Raspelhüs *(Maison de force), et plus tard prison de femmes Sainte-Marguerite.*

Le choc de sa capture atténué, elle reprit doucement ses esprits en ruminant dans sa cellule aux murs lézardés et couverts de mousses suintantes. Les seules sorties auxquelles elle était contrainte étaient pour être soumise à la question dans les bas-fonds du bâtiment, dans une pièce sombre, à peine éclairée par un petit soupirail serti de barreaux. Après s'être débattue comme un beau diable, Roxane fut difficilement immobilisée sur le dos, la tête inclinée vers le bas. La tête recouverte d'une serviette, le bourreau versait de l'eau sur le nez et la bouche. Cela peut provoquer des douleurs et des dommages aux poumons. Cela peut aussi causer des lésions cérébrales dues au manque d'oxygène ainsi que des blessures quand le supplicié se débat.

Après une séance difficile, un homme vint la voir pour essayer de lui tirer les vers du nez.

— Dis-nous où se cachent les complices qui constituent ta bande !

— Jamais je ne livrerai mes amis. Ils sont ma seule famille, depuis que vous avez pendu mon père, brûlé ma mère et notre maison. Je vous maudis !

— Nous allons te chatouiller encore un peu, et crois-moi, tu vas parler.

— Jamais ! Vous irez tous rôtir en enfer !

L'homme fit signe au bourreau de reprendre son travail. Malgré une nouvelle séance de supplices, Roxane tint bon. Elle savait que si elle leur livrait leur cachette, ils allaient tous les prendre et certainement les exécuter.

Revenue dans sa cellule, elle récupérait doucement car la torture infligée était très dure. Elle se devait de tenir bon afin que ses amis puissent venir la délivrer le plus vite possible. Elle ne savait pas combien de temps encore elle allait pouvoir résister à ce traitement.

Ne pouvant pas sortir de sa cellule, elle engagea la discussion avec un gardien qui avait à peu près son âge.

— Que fais-tu ici ?

— Il faut bien que je gagne ma vie pour nourrir ma famille !

— Tu ne crois pas que tu es une victime du système ?

— Si, je sais bien. Mais comment faire pour m'en sortir autrement ?

— Il te suffit de passer de l'autre côté !

— Que veux-tu dire par là ?

— Rejoindre ma bande pour rétablir la justice.

Il réfléchit un moment et lui répondit :

— Que puis-je faire pour toi ?

— Tu peux commencer par me procurer du papier et de quoi écrire.

— D'accord.

Il revint quelques instants plus tard avec la demande de Roxane.

— Merci. Je vais écrire un mot que tu devras passer aux jumeaux de la cellule à côté.

— Comment sais-tu qui se trouve dans cette cellule ?

— Nous avons discuté par la fenêtre et fait connaissance.

— Bien. Je vais leur transmettre ton message.

Roxane écrivit un message qui expliquait aux frères Drouart le plan d'évasion qui se préparait. Elle leur décrivit le système de pendule qu'elle utiliserait et qui servirait à leur faire parvenir les outils pour desceller la grille de leur fenêtre.

Elle en profitait pour recruter des personnes emmurées comme elle entre ces hauts remparts austères. Elle choisit des personnes assez jeunes car il était important d'être souple et en forme. Les deux garçons dans la cellule adjacente l'intéressaient particulièrement. Elle s'adressa à eux par les barreaux de sa petite fenêtre.

— Pourquoi êtes-vous ici ?

— Nous, on travaillait dans un cirque dont le directeur nous a balancés pour, soi-disant, des vols dans sa caravane qu'il n'a jamais pu prouver. Nous avions réclamé notre salaire, pas versé depuis plusieurs mois, et on pense qu'il a trouvé ce prétexte pour se débarrasser de nous.

— Je comprends… Et vous êtes là depuis longtemps ?

— Deux mois, environ. On perd un peu la notion du temps quand on est ici.

— Je suis là depuis moins d'une semaine, et je cherche à recruter des personnes de confiance pour augmenter les membres de ma troupe.

— Vous faites quoi, exactement ?

Roxane leur raconta son histoire qui l'avait obligée à la clandestinité et à vivre de rapine, et de sa vengeance. Les deux frères se regardèrent en hochant la tête.

— On est avec toi ! De toute façon, avec notre étiquette de voleurs, on ne trouvera plus jamais de travail.

— Super ! Moi, c'est Roxane Lenoir, et vous… ?

— Nous sommes Hugo et Léo Drouart, acrobates !

— Vous devez être très souples alors ?

— Nous avons la souplesse du roseau et la rapidité de l'éclair.

— C'est d'accord. Ma troupe doit certainement préparer un plan d'évasion pour me délivrer. À ce moment-là, je vous emmènerai pour que nous puissions sortir d'ici tous les trois.

— Je crois qu'on est d'accord. Le plus tôt sera le mieux. Si on reste ici encore longtemps, nous allons devenir fous.

— Cela ne devrait plus être très long, je pense…

Après cette discussion instructive, les prisonniers durent rejoindre le lit de leur cellule en attendant la maigre pitance qui leur servait de repas.

— Et nous mangerons à nouveau à notre faim…, dit Roxane en chuchotant.

Ce qui fit sourire les deux nouvelles recrues.

## XXV

Son fidèle lieutenant, Augustin, prit le commandement de la troupe en l'absence de Roxane, et bien sûr personne n'y trouva à redire. Ils se mirent à échafauder un plan pour délivrer leur chef dans sa prison. Adélaïde leur ayant appris qu'il l'avait emmenée à la commanderie des Chevaliers de Saint-Jean en ruines, dans la Petite France. Après la capture de Roxane et sa fuite avec Pépé, ils avaient suivi la troupe de loin et avaient découvert l'endroit de son internement.

Dans leur quartier général, Augustin prit la parole en expliquant son plan.

— Le seul moyen de les faire sortir est par la rivière Ill où il n'y a pas de gardiens. Il faudrait d'abord trouver une barque à fond plat...

— Facile, je sais où en trouver. Il y a beaucoup de barques de pêcheurs attachées au bord de l'eau, dit Achille. Il suffit de casser la chaine avec une grosse pierre et le tour est joué.

— Bien, tu t'occuperas de nous dégoter une barque.

Achille acquiesça d'un mouvement de tête.

— Après, nous remonterons l'Ill sur la barque et on entrera dans la ville par les Ponts Couverts, puis nous longerons la prison pour entrer en contact avec Roxane.

— Dès qu'Achille aura trouvé une barque, nous ferons une première expédition pour trouver l'emplacement exact de la fenêtre de sa cellule. Je pense qu'elle passera probablement à la question, raison pour laquelle il ne faut pas trop attendre. Je sais qu'elle est solide et ne parlera pas, mais il vaut mieux lui épargner ces souffrances.

— Je m'occupe de la barque dès demain, dit Achille.

— D'accord, nous ferons la première tentative de repérage ensemble.

— Avec plaisir, Augustin.

— Allons dormir, la nuit porte conseil.

Chacun retourna vers sa couche pour y passer une courte nuit.

Le lendemain, entre chien et loup, Achille se présenta au point de rendez-vous qui était un vieux ponton abandonné. Il arriva sur une barque et ralentit pour laisser Augustin sauter dans l'embarcation. La navigation à la rame se passa bien. Ils longèrent les fortifications qui entouraient la ville en faisant le moins de bruit possible, dissimulés par l'obscurité jusqu'aux Ponts Couverts.

— À partir d'ici, il va falloir être discrets. Comme il n'y a pas beaucoup de fond, on va utiliser la perche pour avancer.

Les deux hommes entrèrent dans la ville en passant sous une des arches du pont-route. La discrétion était de mise pour traverser cette partie à découvert. Ils rasaient maintenant les murs de la prison en appelant Roxane pour repérer la fenêtre de sa geôle. Ils longèrent tout le côté en appelant d'une voix modulée pour ne pas éveiller les soupçons des gardiens. Au bout de plusieurs essais, ils entendirent une voix leur répondre.

— Je suis là !

C'était Roxane. Elle se rapprocha le plus possible de l'ouverture.

— C'est nous, Achille et Augustin. Nous allons te délivrer dans les jours qui viennent. Tu tiens le coup ?

— C'est dur, mais j'arrive à résister à la torture pour l'instant.

— Prends déjà ces outils pour desceller la grille de la fenêtre. Augustin arriva du premier coup à envoyer une petite ficelle lestée d'une pierre à travers les barreaux. Roxane s'en saisit et tira sur la cordelette jusqu'à attraper le petit ballot d'outils. Elle remercia ses deux compères et ouvrit le colis pour y découvrir une petite lame de scie à métaux ainsi qu'une lime.

— Avec un peu de chance, il ne me faudra que quelques jours pour scier les barreaux. Je mettrai un chiffon à la grille dès que je serai prête.

— Bien. Melchior va guetter tous les jours jusqu'à ce qu'il repère ton signal.

— D'accord. Par contre, il y a du changement. J'ai recruté deux frères qui vont nous rejoindre pour l'évasion et pour nos aventures futures. Ils sont dans la cellule à côté. Je leur ferai parvenir les outils avec la cordelette que j'utiliserai comme un pendule. Ils mettront eux aussi, un chiffon à la fenêtre.

— Ah, d'accord. Cela ne change rien, la barque est assez grande pour cinq personnes. On viendra plutôt la nuit, ce sera plus discret. Il faut mettre toutes les chances de notre côté. Bon courage !

— Merci ! À bientôt !

Après une nouvelle discussion par le biais des fenêtres, Roxane expliqua aux frères Drouart le plan d'évasion qui se préparait. Elle leur décrivit le système de pendule qu'elle utiliserait et qui servirait à leur faire parvenir les outils servant à desceller la grille de leur fenêtre.

— Une fois la grille désolidarisée du mur, remettez-la en place et mettez un chiffon à la fenêtre : ce sera le signal pour mes hommes.

— C'est bien. Nous avons bien compris le plan.

Quelques jours après l'apparition du chiffon à la fenêtre de Roxane, un autre apparut à celle des frères Drouart, emprisonnés ensemble.

Pépé avait suivi le guetteur et il aperçut également le signal des chiffons aux fenêtres. Il était tout excité et Melchior dut le calmer pour qu'il n'ameute pas toute la ville et fasse capoter l'opération. Il lui donna une petite pièce et l'envoya à la boulangerie Rohmer pour qu'il puisse se faire plaisir et calmer sa faim. En fait, c'était une ruse pour l'éloigner de l'endroit où la libération de Roxane et de ses nouveaux amis allait avoir lieu.

La nuit suivante, Augustin et Achille enlevèrent le camouflage de branches sur la barque amarrée au vieux ponton abandonné et ils embarquèrent avec des cordes pour mener à bien l'évasion de leurs trois camarades. La nuit était sans lune ce soir-là, une chance supplémentaire de réussite. Augustin plongea la perche doucement dans l'eau noire en frôlant le mur d'enceinte de la prison. Achille appela Roxane et lui envoya une petite corde lestée qu'elle tira vers l'intérieur. Au bout, il y avait une corde plus épaisse pour l'attacher à la grille et la desceller complètement en tirant fort. Après plusieurs séances de torture, elle n'avait plus beaucoup de forces mais parvint finalement à arracher la grille du mur, en la rattrapant de justesse pour qu'elle ne fasse pas de bruit en tombant. C'est à ce moment-là qu'elle entendit les pas d'un gardien passant près de sa porte. Elle remit la grille en place et cacha la corde avant que le gardien ne jette un regard par l'œilleton. Elle ne bougea pas et retint sa respiration en faisant semblant de dormir sur sa couchette. Visiblement satisfait, le gardien continua sa ronde et le calme revint. Elle se releva pour enlever la grille et se hissa vers le trou béant avec la corde, en sortant la tête. Augustin lui prit les mains pour l'extirper de sa cage. Arrivée sur la barque, Roxane embrassa Augustin et Achille en les remerciant à voix basse. La barque avança de quelques mètres et ils renouvelèrent l'opération pour faire sortir les deux frères qui purent s'extraire rapidement de leur geôle. Une fois tout le monde sur l'embarcation, ils filèrent discrètement vers les Ponts Couverts pour revenir vers le Marais Vert. L'évasion s'était déroulée sans accrocs : c'était un grand succès.

Arrivés à leur quartier général, pas très loin du terrain où se situait la maison des Lenoir, la joie des retrouvailles fut grande. Roxane présenta Hugo et Léo au reste de la troupe et les désigna comme acrobates. Ils racontèrent leur histoire, et elle suggéra que tous les membres de la bande se présentent à eux.

— Je suis Augustin Bosquet, dit Carnaval, le visage pâle et la tignasse noire. Je suis assez décontracté et rieur. Je souris à chaque fois que j'arrive à esquiver une pierre. Je me suis retrouvé dans la rue parce que mes parents ne pouvaient plus nous nourrir, ma sœur et moi. Un matin, j'ai emmené Adélaïde, dite la Timide, qui me suit partout, discrète, menue petite blonde aux yeux bleus.

Adélaïde esquissa un sourire.

— Moi, c'est Achille Bronsart, raconta le grand échalas roux ébouriffé. Tout le monde m'appelle le Frisé. J'ai gagné cette cicatrice, allant de l'oreille à la commissure de la bouche, dans une bataille contre un manant qui voulait me voler. J'ai toujours dû me débrouiller seul, mes parents étant décédés très jeunes.

— Je m'appelle Melchior Domont, dit le Piémontais. Je suis un petit blond aux grandes oreilles qui sont un avantage, car je suis le guetteur de la bande que j'ai rejointe au gré de mes pérégrinations, n'ayant, moi aussi, plus de famille depuis longtemps.

— Gabriel Hamont, dit La Noblesse, l'intello de la bande, dit-il en se présentant. Souvent en train de rêver. Je réfléchis toujours à améliorer les plans. J'ai quitté les miens car je ne supportais plus une famille qui s'embourgeoisait de plus en plus.

— Je m'appelle Marguerite, dit la petite brune au visage rond et aux yeux globuleux, appelée La Lune. Je ne me rappelle plus mon nom de famille à cause des nombreux coups que j'ai reçus. Mon père me battait si souvent quand il avait bu que je suis partie de la maison pour ne pas mourir sous les coups. J'ai croisé Roxane et accepté rapidement de la suivre, car la vengeance me guide également.

— Voilà, dit Roxane, la bande est au complet, maintenant ! Mangeons et buvons, les amis !

Et tous ensemble ils fêtèrent cette libération en faisant ripaille. La libération de leur chef et de leurs nouveaux amis fit de cette fête une soirée mémorable.

## XXVI

Dans les grandes fêtes publiques qu'étaient les tournois, la bande de Roxane voyait surtout une occasion de faire une belle récolte d'or et de bijoux. Les bourgeois étant complètement fascinés par le spectacle, ils ne prêtaient pas attention aux mains agiles qui les délestaient de leurs biens en toute délicatesse. À peine subtilisées, les parures tombaient dans le sac accroché autour de leur ventre. Quand il était plein, ils le vidaient dans la carriole que Hugo et Léo Drouart se chargeaient de ramener à leur camp pour la vider et revenir sur les lieux pour la remplir à nouveau. Ils effectuaient un roulement afin que ce ne soit pas toujours les mêmes qui accomplissent les tâches identiques et évitaient ainsi de se faire repérer ou de se faire prendre sur le fait. Hugo se glissa sous l'estrade royale avec un couteau pour couper toutes les bourses à sa portée. Là encore, sa dextérité fit merveille. Il récolta plus d'argent qu'espéré, au point qu'il dut se faire remplacer par son frère Léo, aussi habile que lui. Ce jour-là, ils ramenèrent plusieurs charriots remplis à ras bord. Ils rentrèrent dans leur cachette pour inventorier la récolte et l'ajouter au trésor qui grossissait beaucoup, surtout pendant ces grands évènements comme les tournois. Ils firent le tri pour séparer les colliers et les bracelets des bourses remplies de pièces sonnantes et trébuchantes.

— Demain, nous irons voir Romaric Hamont, notre recéleur préféré, pour marchander toutes ces belles pierreries et ornements, en tirer un bon prix et apporter aux pauvres des pièces dont ils auront bien besoin, dit Roxane avec un grand sourire en regardant toutes ces merveilles étincelantes de leur butin étalé à leurs pieds.

Toute la bande était satisfaite de cette journée et se préparait, comme à chaque fois, à fêter l'évènement dignement avec vin et nourriture à volonté.

## XXVII

La rencontre avec Adalbert Cadoret leur avait appris beaucoup de choses. C'était un homme borgne, sans âge, avec une grande cicatrice sur la joue, qui sentait extrêmement mauvais. Il faisait la manche dans une rue passante et sur les marchés de la ville. Quand Roxane le vit, elle s'interrogea : « Vu le bandeau sur l'œil, c'est sans nul doute un pirate qui a été éborgné lors d'un abordage... », pensa-t-elle. En s'approchant prudemment — car il sentait vraiment très mauvais — pour essayer de savoir où il avait perdu son œil et reçu cette immonde cicatrice qui le défigurait, elle lança :

— Bonjour, je m'appelle Roxane Lenoir, et voici mes amis. Je te les présente.

En pointant du doigt chaque compagnon d'infortune, elle déclama :

— Augustin, dit Carnaval, Adélaïde, sa sœur appelée La Timide, Achille, dit Le Frisé, Melchior, Le Piémontais, Gabriel, dit La Noblesse et Marguerite, surnommée La Lune. Comme elle est toujours enrhumée, on l'appelle parfois aussi Chandelle de Morve !

Ce qui fit rire toute la bande, sauf Marguerite qui ne réagit pas.

— Et Pépé, qui nous suit tout le temps !

— Oui, lui, je le connais. Il peut être pénible, parfois.

— Et toi, quel est ton nom ?

— Tu es trop curieuse, ma petite.

Adalbert regarda de haut en bas cette petite effrontée qui lui posait des questions indiscrètes. Au bout d'un moment, après avoir observé la bande, il estima qu'elle ne représentait aucun danger, puis se décida.

— Je m'appelle Adalbert Cadoret.

— Comment as-tu perdu ton œil et obtenu cette énorme balafre ?

Adalbert eut un regard suspicieux mais finit par parler au bout d'un moment, tout en retardant la réponse.

— Je vais vous parler de l'histoire que je raconte aux gens pour qu'ils soient plus généreux. Même si c'est un gros mensonge, ça marche ! La guerre des paysans s'est déroulée il y a plus d'un siècle, mais j'arrive à leur faire avaler des couleuvres... Même aussi énormes ! Je leur dis que je suis un descendant d'insurgés de l'époque qui ont péri dans d'atroces souffrances dans le massacre de Saverne.

— Raconte-nous la guerre des paysans, Adalbert !

Il sourit mais était ravi de leur curiosité, en plus du plaisir que lui procurait le récit de cette terrible histoire répétée maintes fois.

— Voilà, voilà... J'ai appris tout ce qu'on pouvait savoir sur cette période. J'ai posé beaucoup de questions à mes parents et grands-parents, et à quelques historiens, j'ai également lu le manifeste des Douze Articles qui a été imprimé à plusieurs milliers d'exemplaires.

Il prit une respiration et commença à leur raconter cette guerre qu'aucun n'avait connue. Toute la bande était assise en cercle autour de lui pour n'en pas perdre une seule miette.

— L'insurrection, ou guerre des paysans, aussi appelée guerre des Rustauds, était un conflit du siècle dernier, qui a duré de 1524 à 1526. Les paysans d'Alsace se joignirent au soulèvement, commencé dans le Sundgau dès avril 1525. La révolte locale fut appelée les Bundschuhe *(souliers à lacets, par opposition à la botte à éperons seigneuriale)* et fomentée par la paysannerie à l'encontre du régime féodal.

*Depuis le Moyen Âge, il était interdit aux paysans et aux hommes liges de porter des bottes ou des brodequins, mais uniquement des souliers.*

La constitution de bandes armées de paysans et d'artisans s'opposant au pouvoir ecclésiastique et seigneurial allait bon train. Ils demandaient une meilleure répartition de l'impôt, plus de justice et une plus grande autonomie des communautés rurales, la suppression du servage, la liberté de pêche et de chasse pour pouvoir se nourrir, ainsi que la suppression de la peine de mort. Ils avaient également des revendications religieuses. La Réforme luthérienne se propageait en dénonçant les dérives de l'Église – débauche, corruption, népotisme et clientélisme –, venant donner un nouvel élan à la révolte. Le 20 mars 1525, toutes ces revendications furent formulées par écrit dans un manifeste nommé les *Douze articles* et, bien sûr, adoptées à l'unanimité par toutes les bandes d'insoumis. Ces douze articles avaient été imprimés et répandus largement dans toute la région. Les paysans firent serment de les imposer aux seigneurs. Ces bandes pillaient les églises, les couvents et les monastères en volant tout leur mobilier.

En basse Alsace, au mois de mai, se tint une assemblée générale des paysans insurgés des environs, jusqu'au-delà du Rhin et des Vosges. Erasmus Gerber de Molsheim fut élu capitaine général en prônant une unité d'action. Leur mot d'ordre était « Vivre ensemble ou mourir ». Le mouvement commença au pied du mont Sainte-Odile, puis gagna Barr et Dorlisheim, au-delà du Landgraben — *fossé qui s'étendait du val de Villé jusqu'au Rhin en formant la limite entre haute et basse Alsace.* Dans la basse comme dans la haute Alsace, les paysans étaient victorieux et les nobles n'avaient pas la force de leur résister. Toute la plaine de la basse Alsace, sauf Strasbourg, Haguenau et Wissembourg, avait dû faire soumission aux insurgés et les recevoir dans leurs murs.

Les autorités de Saverne, propriété des princes-évêques de Strasbourg, abandonnent la ville aux insurgés. Le 13 mai 1525, des milliers de paysans pénètrent dans la ville sans livrer bataille. Le duc de Lorraine, qui avait quelques possessions en Alsace, en fut averti par le bailli de Haguenau. C'était un homme très dur et sombre, insensible à tout sentiment d'humanité et de pitié. Il craignait que le mouvement paysan ne contamine sa région. Il leva une armée de 12 000 à 15 000 hommes et déboula sans prévenir en Alsace. Quelques heures après avoir quitté Sarrebourg, l'avant-garde lorraine occupait déjà le château du Haut-Barr que les paysans ne réussirent pas à défendre. Ce château domine la ville de Saverne et la plaine d'Alsace. Le gros de la troupe arriva ensuite pour compléter son armée.

Avertis par une vedette que six mille campagnards de Lupstein tentaient de rejoindre ceux de Saverne, les cavaliers lorrains chargèrent par trois fois cette troupe de paysans pour empêcher leur jonction. Les paysans de Lupstein durent battre en retraite et se réfugier dans le clocher de l'église pour tirer sur les assaillants. Les Lorrains, ne pouvant s'emparer de l'église, y jetèrent des torches allumées. En peu de temps, l'église fut la proie des flammes. Ceux qui réussirent à s'échapper de la fournaise furent passés par le fil de l'épée. Les lames brillaient dans la nuit avant de rougir du sang de leurs victimes. Ensuite, la troupe lorraine mit le feu à tout le village. Longtemps après, l'endroit de cette bataille meurtrière portera le nom de « champ de sang ». Les lueurs de l'incendie étaient visibles depuis les remparts de Saverne.

Après la victoire du duc de Lorraine à Lupstein, les rebelles négocièrent leur départ de Saverne le 17 mai 1525. Comme convenu, ils sortirent désarmés entre deux rangées de 1 800 lansquenets lorrains. Plusieurs versions existent quant à la cause du déclenchement d'une véritable boucherie. Le bain de sang dura quatre heures et fit entre 18 000 et 20 000 victimes. Les places et les rues de Saverne étaient jonchées de cadavres et de blessés agonisants, et les vainqueurs marchaient fièrement dans tous ce sang versé. Antoine de Lorraine avait perdu le contrôle de son armée qui, enivrée par la frénésie de la bataille, mit à sac toutes les habitations ainsi que l'hôtel de ville et l'église de Saverne.

Le massacre de Saverne provoqua des réactions d'horreur dans toute l'Alsace. Les paysans de haute Alsace jurèrent de venger leurs frères et de se défendre si le duc venait à les attaquer.

Trois jours plus tard, le comte Claude de Guise et Louis de Vaudemont, les deux frères du duc, menèrent bataille à Scherwiller, ce qui occasionna près de 6 000 victimes. L'expédition de l'armée du duc de Lorraine dans la vallée du Rhin fut une des plus sanglantes qu'ait connue l'histoire d'Alsace.

La révolte paysanne avait échoué, et avait couté la vie à près de 10 % de la population alsacienne de l'époque. L'incursion du duc de Lorraine est restée profondément ancrée dans les mémoires de la région sous le nom du massacre de Saverne, le 17 mai 1525. »

Voilà l'histoire de la guerre des paysans.

Roxane et ses amis étaient stupéfaits d'apprendre tout cela. Pépé n'avait aucune réaction.

— Mais…, ni toi ni moi n'étions nés à cette époque ? lui demanda Roxane. Tes blessures ne peuvent donc pas provenir de la guerre des paysans ! Je suis certaine que tu étais un pirate !

— Non, Roxane, la vérité est plus banale. J'ai simplement été pris dans une échauffourée suite au vol du contenu de ma soucoupe par deux vauriens. Un mauvais coup de couteau à la joue et un puissant coup de coude dans mon œil, m'ont refait le portrait que j'ai d'aujourd'hui. L'ergotisme gangréneux m'a déformé définitivement la main gauche. Je suis obligé de faire la manche en montrant ostensiblement cette main amputée de plusieurs doigts et ça marche bien. Ma claudication vient d'une pierre descellée d'un mur qui m'a écrasé la malléole. Il regarda Roxane. Mais je vais penser à la version du pirate blessé dans un abordage, ça me plait bien. Et toi, que fais-tu avec tes amis?

— On vit de contrebande, de menus larcins et on vole les bijoux des riches et de l'argent que l'on redonne aux pauvres.

— Belle et légitime action!

— Veux-tu te joindre à nous?

— Non, je suis trop vieux maintenant pour fuir si la maréchaussée me poursuivait. Comme ne je peux plus courir, je vous ralentirais.

— Tu en es bien sûr?

— Oui, il faut être jeune comme vous pour le maraudage. Ici, je suis tranquille...

— Bien. Bonne chance alors! Ton histoire va en émouvoir beaucoup et l'argent va tomber comme d'une corne d'abondance!

— Puisses-tu dire vrai! Bonne chance à vous!

Roxane et sa bande continuèrent leur chemin vers de nouvelles aventures.

## XXVIII

Dans ses déambulations, la bande de Roxane évitait le plus possible de croiser des mousquetaires. Même si le corps des mousquetaires du Roi avait été dissout en 1646, il restait ceux du Cardinal.

*Le corps des mousquetaires de la maison militaire du Roi de France est créé en 1622 et dissout en 1646, lorsque Louis XIII dote de mousquets, arme plus puissante que l'arquebuse, une compagnie de chevau-légers de la Garde, créée par Henri IV, qui s'appelaient les carabins. Elle est d'abord connue sous le nom de compagnie des mousquetaires du roi, puis mousquetaires du roi. Ils sont recrutés uniquement parmi les gentilshommes ayant déjà servi dans les Gardes. Ils combattent indifféremment à pied ou à cheval. Louis XIII veut en faire un corps d'élite, composé de gentilshommes et de personnes au mérite reconnu. On y entre très jeune — entre 16 et 17 ans —, il est préférable d'avoir une recommandation et d'être Gascon. Gascons et Béarnais y sont en effet majoritaires car Henri IV apprécie ses sujets de Navarre. Cette tradition perdure pendant tout le XVIIe siècle.*

*L'armement du mousquetaire était constitué d'un mousquet (servant d'arme de parade dans les dernières années du corps), d'une épée, de deux pistolets et d'un fusil.*

Les mousquetaires du cardinal de Richelieu étaient bien pires encore.

*Richelieu étant menacé de mort, Louis XIII lui ordonna de se créer des gardes personnels qui deviendront progressivement un corps de mousquetaires pour son service en 1626. Il fonda sa propre garde aux couleurs de l'Église, c'est-à-dire le rouge. Les mousquetaires du roi dépendaient du capitaine des mousquetaires, alors que ceux du cardinal dépendaient de lui directement. Ils portaient une bandoulière d'où pendaient au bout de lacets les charges, un étui contenant la dose de poudre nécessaire pour armer et effectuer un tir.*

Les mousquetaires étaient très habiles au tir et à l'épée. Se mettre sur leur route restait une très mauvaise idée, sous peine de recevoir un coup de botte pour vous écarter de leur chemin. Ils étaient tout-puissants. Être au service du Roi ou du Cardinal leur conférait un certain pouvoir dont ils abusaient souvent, raison pour laquelle tout le monde les détestait.

Hugo et Léo eurent la mauvaise idée de traverser la rue devant une charge de mousquetaires du Cardinal. Léo prit un coup d'épée tandis que Hugo leur criait dessus sans succès. Ils continuèrent leur route sûrs de leur bon droit. Léo tenait son épaule sanguinolente et Hugo s'affairait déjà à bander sa blessure.

— Viens, nous allons retrouver les autres dans notre cachette. Il y aura de quoi te soigner et désinfecter la plaie.

À leur arrivée au camp, Marguerite poussa un cri quand elle vit Léo le bras en sang.

— C'est superficiel mais cela saigne beaucoup, dit-il en souriant.

Marguerite, qui avait quelques notions médicales, entreprit de soigner rapidement l'épaule de Léo, sans quoi il risquait de perdre l'usage de son bras. Elle nettoya son épaule à grande eau et avec un chiffon propre, puis apposa directement sur la plaie une couche de miel comme antiseptique naturel. Tout le monde était rassemblé autour du blessé qui racontait sa mésaventure en vantant son courage, complété par Hugo qui confirmait que les mousquetaires ne s'étaient pas retournés, même un court instant, pour vérifier la gravité des blessures qu'ils avaient infligées.

Roxane prit la parole.

— Que ce soient ceux du Roi ou ceux du Cardinal, il n'y a que la couleur qui change. Ce ne sont que des sauvages qui agissent en toute impunité, soutenus qu'ils sont par leurs puissants protecteurs. Nous ne pouvons les combattre sous peine de graves ennuis. Tâchons de les éviter le plus possible, comme nous l'avons fait pour les mousquetaires du Roi.

Après quelques jours de repos et un peu de rééducation dispensée par les mains expertes de Marguerite,

Léo reprit doucement l'entrainement du maniement des armes, prudemment au début puis plus activement. Il retrouva rapidement sa dextérité et put se joindre à la troupe une fois entièrement remis.

## XXIX

Au cours d'un maraudage, Achille se fit prendre par la police faute d'avoir pu réagir assez rapidement pour s'échapper. Il avait essayé d'escamoter une dague, au pommeau d'or serti de pierres précieuses, à un gentilhomme qui se promenait avec son épouse sur la place des Cordeliers. Malheureusement, le gentilhomme était agile et figea son voleur au sol d'un tour de bras. Pendant qu'il le maintenait à terre, son épouse ameuta tout le monde et la police ne tarda pas à arriver.

— Emmenez ce voleur en prison ! Il a essayé de me dérober la dague que je portais à la ceinture. Il fait partie d'une bande de croquants qui sévissent dans la ville !

Les policiers agrippèrent aussitôt Achille pour l'emmener jusqu'à la prison et le jetèrent sans ménagement sur le sol humide d'un sombre cachot. Il attendait son sort sereinement, malgré l'angoisse qui le rongeait.

Quelque temps plus tard, la porte s'ouvrit et il se fit empoigner par deux hommes costauds, en se débattant.

— Je suis innocent, je vous le jure !

— Ils disent tous cela, répondit une des deux brutes qui l'emmenait dans les sous-sols de la prison, de mauvaise réputation.

Il se retrouva attaché sur une table en attendant son sort. Le bourreau lui fit subir le supplice de l'eau à plusieurs reprises, comme l'avaient enduré Barthélémy et Roxane, mais il clamait toujours son innocence. Après plusieurs tentatives infructueuses pour le faire parler, il fut détaché et ramené inconscient pour retrouver les quatre murs de sa cellule. Le lendemain, un gardien lui annonça que le gentilhomme avait porté plainte et qu'il serait condamné à la flétrissure en place publique. Comme il ne savait pas en quoi cela consistait, il ne s'inquiéta pas plus que cela.

Deux jours plus tard, les deux brutes revinrent le chercher en lui attachant les mains afin qu'il ne puisse parvenir à s'enfuir. Ils longèrent un long couloir lugubre avant de se retrouver sur la place des Cordeliers où était installée une estrade avec, fixé en son centre, un énorme tronc auquel il fut attaché.

*La flétrissure consistait à marquer les condamnés au fer rouge comme une marque indélébile. Un bourreau chauffait le fer, en forme de fleur de lys, dans un creuset où rougeoyaient des braises incandescentes.*

Puis, il appliqua le fer sur l'épaule droite. Achille retint ses cris malgré l'insoutenable douleur. Le bourreau ayant appuyé un peu trop fort, le fer avait déjà brûlé les chairs au point qu'Achille perdit connaissance. On le détacha et il fut ramené à sa cellule où il reprit conscience plusieurs heures plus tard.

Ce jour-là, il y avait également une prostituée condamnée à la flétrissure, pour une femme convaincue de « crime de putanisme ». Elle avait été prise en flagrant délit de racolage sur la voie publique. Elle eut un **P** gravé sur le front et un autre sur le bras comme une ultime infamie. La douleur insupportable lui fit perdre la raison.

*Au XV<sup>e</sup> siècle, les filles publiques condamnées avaient en plus le nez coupé pour les défigurer, afin d'être dans l'incapacité de reprendre leurs activités infamantes.*

Melchior, qui avait assisté aux deux flétrissures, courut prévenir Roxane dans le but de trouver un plan pour le faire échapper.

— Il faut délivrer Achille avant qu'il succombe à ses blessures, expliqua Roxane.

Quand Achille revint à lui, la trace du supplice était encore très vive. Il se tordait de douleur dans l'indifférence la plus totale. La marque profonde, par manque de soins, occasionna une infection qui se propagea dans tout son corps. Après quelques jours d'atroces souffrances, il rendit son dernier souffle en serrant les dents.

Melchior apprit rapidement la nouvelle du décès d'Achille quelques jours plus tard, par le fils d'un gardien qu'il connaissait bien. Il était dépité. Il ne tarda pas à annoncer la nouvelle à toute la bande. Roxane prit la parole :

— Ce crime ne restera pas impuni. Nous allons venger la mort d'Achille en intensifiant nos actions et en frappant fort, là où cela fera le plus de mal.

— Où donc, demanda Marguerite.

— À la bourse. Leur sacré argent a plus d'importance pour eux qu'une vie humaine.

Il y eut un silence qui montrait l'abattement de la troupe suite à la perte de l'un des leurs.

— Je sais qui a donné cet ordre, dit Melchior, par un ami dont le père est gardien de prison. Je ne connais pas son nom, mais il sera certainement en train de parader à l'enterrement d'Achille... ou se fera représenter par d'autres personnes.

— Tu connais la date et le lieu de l'inhumation ?

— Non, pas encore, j'attends les informations.

— Dès que tu les connaitras, nous pourrons élaborer un plan avec Gabriel pour leur faire comprendre que nous sommes toujours là et que nous allons faire passer un sale moment à tous ceux qui ont participé à cet homicide.

Quelques jours plus tard, Melchior ayant récolté les informations quant aux obsèques du regretté Achille, ils se mirent à échafauder un plan qu'ils mirent à exécution le jour même.

L'inhumation se déroulait au petit cimetière de Saint-Urbain, un peu éloigné du centre-ville. Le corps, enveloppé dans un linceul, était posé sur le sol, à côté d'une tombe creusée à la hâte. La cérémonie du prêtre fut assez brève et déclamée dans l'urgence. Pas de signe de l'ordonnateur du crime. Les gens ne se déplacent pas pour un vulgaire voleur évidemment. Sur un signe du curé, les deux assistants voulurent empoigner le corps de ce pauvre Achille par le linceul, pour le balancer dans le trou. C'est le moment que choisit Roxane pour sortir des fourrés et menacer le prêtre et ses deux auxiliaires de ses pistolets.

— Personne ne bouge ! cria Roxane.

Les trois individus s'immobilisèrent sous l'injonction. Aucun ne se risqua à manifester un mécontentement, une réaction où émettre une opinion. Toute la bande encerclait maintenant les trois personnes qui dirigeaient la cérémonie.

— Le corps de notre ami Achille Bronsart doit reposer sur ses terres. Nous allons l'emmener et procéder à l'inhumation dans le Marais Vert, là où il est né.

Elle fixa l'abbé dans les yeux et ajouta :

— Faites en sorte que cela se sache, nos actions vont se multiplier encore. Je suis Roxane Lenoir, chef de cette bande. Nous nous battons contre tous ceux qui volent et affament le peuple.

Hugo et Léo soulevèrent la dépouille d'Achille pour la poser dans un cercueil bricolé par leurs soins. Ils le portèrent en dehors du cimetière Saint-Urbain pour l'emporter à l'endroit qu'ils avaient choisi pour lui. Ils le posèrent sur une charrette qu'ils recouvrirent de tissu pour plus de discrétion, car il fallait traverser toute la ville pour arriver au Marais Vert.

Les trois individus se regardèrent, surpris et apeurés par cet enlèvement d'un corps. Cela n'était jamais arrivé auparavant. Ils quittèrent les lieux sous la menace des armes, sans demander leur reste.

La traversée de la ville avec la charrette fut assez épique ! Ils craignaient à chaque instant de tomber sur la police qui leur aurait demandé de vérifier leur chargement. Mais le voyage se fit sans encombre, mis à part des rajustements de la couverture qui recouvrait le cercueil d'Achille, qui glissait avec les soubresauts de la route. Arrivée au Marais Vert, Roxane choisit un endroit où Achille adorait trainer.

— Nous allons l'inhumer ici, au pied ce grand cerisier sous lequel il se reposait souvent, le ventre gonflé après s'être rempli la panse de cerises, et surtout pour rêver. Il va maintenant y reposer pour l'éternité.

Hugo et Léo fixèrent le couvercle du cercueil, après que chacun eut jeté un dernier regard à leur camarade dont le linceul avait été découpé pour faire apparaître son visage crispé par la souffrance. Certains gars, les plus forts, s'échinaient à creuser profondément sa dernière demeure. La tombe terminée et le cercueil descendu en terre, ils se mirent autour de la fosse et Roxane prit la parole.

— Adieu l'ami Achille, le Frisé, ta présence, ton habileté et ta chevelure de feu vont nous manquer. Mais nous continuerons notre mission en ton honneur, pour qu'aucun de nous ne t'oublie jamais. Nous allons faire la garde autour de sa tombe, car le loup-garou a l'habitude de dévorer les cadavres fraichement enterrés, bien que nous ayons creusé très profondément. Nous allons commencer par Melchior et Hugo, afin de ne pas nous retrouver seuls en face d'un lycanthrope. On va se relayer toutes les deux heures.

*Le lycanthrope, appelé Hogemann en Alsace, est un humain qui est, ou se croit transformé en loup, partiellement ou complètement, ou en créature proche du loup. Ce sont majoritairement des êtres maléfiques possédant les capacités du loup et de l'homme à la fois, avec une force colossale, et d'une grande férocité puisqu'ils sont capables de tuer de nombreuses personnes en une nuit. Ils se souviennent rarement leurs méfaits nocturnes après avoir repris forme humaine. Le loup-garou, mot utilisé de manière générique désigne tous les lycanthropes, qui s'attaqueraient plus particulièrement aux femmes et aux enfants, notamment pendant les nuits de pleine lune. Les loups ne mangent jamais la tête ni la peau des animaux qu'ils prennent. Une confusion est possible entre une attaque de loup et de chien sauvage.*

*Plusieurs symptômes peuvent laisser croire qu'une personne est atteinte de lycanthropie dans le sens où elle se transforme en loup et se nourrit d'êtres humains. Des personnes souffrant du syndrome de Down ont parfois été citées comme pouvant être à l'origine du mythe des lycanthropes. Les lycanthropes possèdent une grande résistance aux blessures et retrouvent rapidement leur intégrité physique, même si des membres leur ont été sectionnés.*

*Selon la croyance la plus répandue, l'humain affecté par la lycanthropie se transforme en un loup énorme à chaque pleine lune, se met à marcher à quatre pattes ou à deux pattes s'il possède une forme humanoïde, et hurle comme un vrai loup.*

*En Alsace, on parle encore, dans les campagnes reculées, du gigantesque loup gris fantôme qui hantait les environs de Marlenheim. Ce pays était autrefois celui de Nideck, où les hommes s'accouplaient avec des louves donnant ainsi le jour à des loups-garous.*

Adélaïde laissa échapper une petite larme qu'elle essuya rapidement pour que personne ne s'en aperçoive. Chacun des membres de la bande déposa une fleur sur son cercueil avec un petit mot prononcé et les yeux humides, avant de le recouvrir de terre pour l'enfouir pour l'éternité dans sa terre natale. Hugo planta une croix en bois faite de deux branches de son cerisier préféré et ils restèrent encore un moment à se recueillir sur la tombe où reposait leur ami. Il y eut quelques sanglots avant de décider de se disperser dans la tristesse, avec toujours le même désir de vengeance.

## XXX

Condamnés à la clandestinité, ils devaient continuellement se méfier de tout le monde et se cacher. Au fur et à mesure que des personnes sortaient de prison, elles étaient recrutées pour faire grossir la bande. Ils étaient maintenant plus d'une quinzaine. Ensemble, ils écumaient la région de Strasbourg et les environs.

Leur période préférée, car toujours prometteuse de belles récoltes, était le carnaval. Cette fête populaire qui apparaît comme un monde à l'envers, où se mêlait également la bourgeoisie qui s'encanaillait, permettait aussi d'oublier la réalité quotidienne et d'effacer les différences de classe, autant que de fêter l'arrivée du printemps. Cette célébration permettait une forme de contacts libres et égaux, entre des gens séparés dans la vie quotidienne par les barrières imposées par la société, et la transgression des tabous. Carnaval enterrait l'hiver pour faire apparaître le printemps avec ses températures plus clémentes et le renouveau de la vie que les jours froids avait engourdie. Les oiseaux et les fleurs allaient revenir égayer la vie pour les beaux jours. Dans ce nivellement social, tout le monde était déguisé et masqué pour ces festivités où la joie se mêlait à la folie dans un énorme brouhaha de danses, de cris, d'éclats de voix et de quelques instruments de musique qui tentaient, autant que possible, de se faire entendre dans ce vacarme. Certains faisaient des chaines humaines en se tenant par la main pour serpenter entre les gens et les ruelles de la ville, en accrochant au passage des individus qui venaient rallonger la queue qui devenait de plus en plus longue.

Toute la bande de Roxane s'était également déguisée avec des oripeaux défraichis et des masques rudimentaires confectionnés dans de la toile de jute avec juste deux trous pour les yeux.

Le seul qui participait à la fête sans être costumé était Pépé, bien sûr. Il était dans son élément, entouré de tous ces fous qu'il pensait être de sa famille. Il saluait tout le monde, leur tapait sur l'épaule et embrassait toutes les filles en chantant.

Leurs vêtements comportaient suffisamment de poches intérieures pour cacher le fruit de leurs larcins. Ils portaient également de grands sacs, comme des colporteurs, qui faisaient partie intégrante de leur déguisement. Ce qui était tout de même assez téméraire. Ils essayaient de repérer leurs proies dans ce déluge de couleurs et d'animations bruyantes. Il n'y avait que l'éclat de leurs bijoux, mal dissimulés, qui faisaient repérer les bourgeoises. Une fois identifiée, la proie avait beaucoup de chance d'être délestée de ses parures. Elle ne s'en apercevait généralement qu'une fois rentrée chez elle et le calme revenu. Ces moments de folie dans une foule immense accaparée par l'agitation des festivités, permettaient d'agir en toute discrétion et, avec des gestes rapides et efficaces, de faire avec le sourire une belle moisson d'objets rares et précieux  qui venaient grossir leur trésor de guerre.

## XXXI

La contrebande de différents produits s'exerçait aussi jusque dans le pays voisin : l'Allemagne.

*Après des ponts provisoires construits en 1333 et 1370 sur le Rhin, un pont définitif est construit en 1388. Les bacs ne disparaissent pas complètement, au grand bonheur des contrebandiers qui les utilisent pour passer d'une rive à l'autre en toute discrétion.*

La bande de Roxane préférait utiliser de petites barques à fond plat pour traverser le Rhin à la rame ou à la force d'une perche quand le niveau d'eau était trop bas. Ils suivaient la ligne du pont afin de ne pas être repérés. La marchandise était stockée dans le fond du bateau et recouverte de couvertures pour plus de discrétion. Le trafic allait bon train, jusqu'au moment où, pendant une matinée sur la rive allemande, les employés des Fermes réussirent à arrêter Augustin en pleine transaction d'un lot de tabac. Ils réussirent à l'enfermer dans une écurie où il fut attaché et bâillonné sur une chaise. Ils s'en allèrent ensuite pour transmettre les informations et attendre les ordres, en laissant une sentinelle devant le bâtiment. La bande de Roxane eut juste le temps de rentrer en France en faisant la traversée en sens inverse, sans être inquiétée.

Roxane était furieuse. Le lendemain, elle traversa le Rhin avec ses compagnons pour aller libérer *manu militari* leur compagnon d'infortune. Ils se déployèrent autour de l'écurie en faisant le moins de bruit possible. S'approchant d'une fenêtre, Roxane vit Augustin, toujours attaché sur sa chaise. Ils saluèrent le garde qui ne se méfiait pas, l'un créant une diversion pendant que l'autre l'assommait promptement d'un grand coup de gourdin sur le crâne. Ils le traînèrent dans la bâtisse le laissèrent à même le sol. Le temps qu'il revienne à lui, ils avaient largement le temps de libérer leur compagnon. Ils soulevèrent Augustin, toujours dans son inconfortable position, pour le poser dans la barque et effectuer le voyage retour. Une fois arrivée sur l'autre rive, Roxane détacha Augustin, enleva son bâillon, et l'embrassa à pleine bouche à la surprise générale. Des liens forts les liaient désormais. Personne n'osa exprimer un commentaire. C'était la décision de Roxane et il fallait la respecter.

## XXXII

Les églises de Strasbourg étaient leurs endroits préférés pour camoufler leur butin, afin de ne pas tout stocker au même endroit : l'église Saint-Thomas, fondée en 810, Saint-Pierre-le-Vieux du XVI<sup>e</sup> siècle et Saint-Pierre-le-Jeune, les plus anciennes de la ville. Évidemment, les autres églises recelaient aussi de nombreuses cachettes en leur sein : les églises Saint-Guillaume, Sainte-Aurélie, Sainte-Madeleine, Saint-Jean et Saint-Nicolas. Mais ils avaient une prédilection pour les chapelles de la cathédrale : la chapelle Saint-Laurent, la chapelle Sainte-Catherine, la chapelle Saint-Jean-Baptiste et la chapelle Saint-André, moins fréquentée, où il y avait possibilité de nombreux abris dans les petits coins et recoins près des statues, vu la taille de l'édifice. La chaire, cette dentelle de pierre, dissimulait également beaucoup d'endroits comme caches.

Pour les objets les plus précieux, ils n'hésitaient pas à grimper les 330 marches qui menaient à la plate-forme, pour cacher leurs trésors dans le chantier de la deuxième flèche.

*Aujourd'hui, c'est à cet endroit que se trouve la Maison des gardiens, une petite bâtisse de 1782 qui*

*servait à surveiller la ville. À l'intérieur on peut dé-*
*couvrir deux roues à écureuil (treuils) du XVᵉ siècle,*
*ainsi que le mécanisme d'une horloge conçue par*
*Jean-Baptiste Schwilgué.*

Les plus hardis, les acrobates comme Hugo et Léo, empruntaient les 146 marches supplémentaires pour accéder à l'extrémité de la flèche et cacher les bijoux les plus inestimables, comme un trésor de guerre en cas de disette. Le butin courant était dissimulé derrière le buffet de l'horloge astronomique ou le pilier des Anges. Après chaque expédition se déroulait un va-et-vient incessant dans la nef centrale de la cathédrale pour camoufler leur récolte dans les différentes chapelles. Ils opéraient entre les offices, quand le lieu était quasiment vide, à part quelques fidèles qui priaient en silence et ne prêtaient pas attention au ballet ininterrompu des gars de la bande.

Là encore, Pépé n'était pas loin. Un homme restait toujours avec lui devant la cathédrale pour le distraire, pendant que l'autre s'occupait de cacher le butin dans l'édifice. S'il avait découvert leurs caches, c'en était fini de leur secret.

Pour écouler leur précieuse marchandise, fruit de leur travail, ils se rendaient chez Romaric, leur recéleur attitré. Petit homme discret, bésicles en permanence sur le nez, il marchait vouté depuis sa naissance, à la suite d'une complication lors de l'accouchement. Il vivait seul dans une petite maison au fond d'une cour sinistre, perpendiculaire à la rue des Frères, avec peu d'ouvertures sur l'extérieur, la discrétion étant la base de son métier. Roxane fit tinter la clochette de l'entrée. Quand Romaric Hamont apparut sur le seuil de la porte, elle lui dit :

— Bonjour, Romaric, voici une nouvelle livraison à examiner !

Il jeta un coup d'œil rapide dans le sac que lui tendait Roxane et un large sourire illumina son visage.

— Cela m'a l'air fort intéressant, dis donc ! Entrez et prenez place le temps que j'examine tout cela d'un peu plus près avec ma loupe.

Ils se posèrent confortablement sur les quelques coussins qui décoraient un petit salon, car ils savaient que l'attente pouvait être longue parfois. À chacun de leurs passages, Roxane et les siens devaient patienter le temps que Romaric authentifie les bijoux et estime au plus juste leur véritable valeur. Après les avoir fait mariner un bon moment, il passait dans une petite pièce sombre où l'on entendait des bruits de clés qui tournaient, sans doute dans la serrure d'un coffre-fort. Puis il en ressortait avec une bourse bien remplie dans les mains et un petit sourire amical.

— Voilà, mes amis, une bourse bien pleine. Vous l'avez bien méritée. Vous avez fait main basse sur des objets de grande valeur, je vous félicite !

— Merci, Romaric, nous reviendrons bientôt avec d'autres trésors !

— Quand vous voulez, mes amis, vous savez où me trouver...

Il revendait tous ces trésors, aux prix très étudiés, à de petits bourgeois qui ne pouvaient s'offrir de bijoux d'une telle valeur, nettement au-dessus de leurs moyens. Mais cela leur permettait de faire croire qu'ils étaient riches et flattait leur égo.

En échange de tous ces trésors, la bande de Roxane percevait de belles sommes en livres, des monnaies sonnantes et trébuchantes, qui leur permettaient de vivre tranquillement jusqu'à l'opération suivante.

## XXXIII

Après l'une de leurs expéditions, la bande de Roxane décida de passer par le raccourci du bois dit « de la Marie », du nom d'une vieille sorcière qui avait sa cabane dans cette forêt il y a très longtemps, à tel point que personne ne se souvenait l'avoir rencontrée un jour. Dans une clairière où plusieurs grands arbres avaient été couchés par la tempête de la nuit, la terre de la souche soulevée et emprisonnée par les racines était visible dans sa verticalité. En s'approchant d'un arbre déraciné, ils vivent un objet blanc sortir de la gangue de terre. Roxane s'en approcha et se saisit du bout émergé. En le remuant un peu pour le faire bouger, elle réussit à l'extirper de sa coque de terre, et elle découvrit la nature de l'objet : un tibia… Un tibia humain ! Elle fut tellement surprise qu'elle le laissa tomber et faillit en perdre l'équilibre.

— Regardez tous, voici ce qu'ils ont fait des cadavres de la guerre des Paysans racontée par Adalbert Cadoret. Il y a eu une grande bataille à cet endroit.

Les membres de la troupe étaient surpris et étonnés de trouver encore des restes de cette période qu'ils n'avaient pas connue. En regardant autour d'eux, ils découvrirent d'autres ossements et des crânes humains enterrés à la hâte.

— Vu l'étendue du lieu, il s'agit bel et bien d'un charnier, afin de cacher la honte de toutes les atrocités commises pendant le siècle dernier. Les os ont eu largement le temps de blanchir en un siècle.

— C'est effrayant, dit Marguerite.

— Oui, et il y en a certainement beaucoup d'autres dans les alentours. Nous allons éviter ce secteur désormais et effectuer un grand détour pour le contourner, quitte à marcher une heure de plus.

Cette découverte macabre les avait passablement secoués.

— Si la tempête n'avait pas arraché ces arbres en soulevant la terre, ces ossements n'auraient sans doute jamais été découverts !

— Oui, parfois la nature donne un coup de pouce à l'Histoire.

— Et comme tout le monde craignait cette sorcière, personne ne s'est jamais risqué à entreprendre des fouilles dans cette clairière.

— Allons, fidèles compagnons, rejoignons notre refuge sans plus attendre.

Toute la troupe se mit en marche en accélérant la cadence, choquée par ce qu'ils venaient de découvrir par un hasard malheureux.

## XXXIV

Ils font les poches des bourgeois sur les marchés sans se faire remarquer, ayant acquis une grande aisance à dépouiller les gens discrètement sans qu'ils s'en aperçoivent. Sur le pont Saint-Martin, l'un dérobe une bourse, la passe à un autre qui la jette par-dessus le parapet sous lequel un complice la récupère depuis la rive, avant de se cacher sous le pont : ni vu, ni connu. Roxane et Augustin trafiquaient ensemble, comme le couple qu'ils avaient formé. Ils s'entendaient bien et l'ambiance dans la bande s'en ressentait. Mais ils restaient discrets. Ils n'étaient pas très démonstratifs en public. Ils attendaient de se retrouver seuls pour se rapprocher en de fougueuses et torrides chevauchées.

Ils avaient récolté certains livres rares et précieux chez un riche bourgeois lors d'une descente dans les beaux quartiers de la ville. La tâche fut relativement facile, le propriétaire étant absent pour quelques jours. Ils entrèrent par l'arrière de la maison afin de n'être point vus depuis la route. La récolte était précieuse et pesait son poids. Roxane emballa la plupart des volumes dans un tissu pris sur place, avant de les donner aux autres qui formaient une chaîne pour les déposer dans leur charriot. Ils prirent tout ce qui était possible pour remplir la charrette. Une fois pleine, toute la troupe tira et poussa la récolte du jour jusqu'à leur quartier général.

Après examen des ouvrages, ils s'aperçurent que la plupart étaient des incunables qui pourraient rapporter une jolie somme. Roxane déballa un livre plus volumineux que les autres avec moult précautions. Elle découvrit, à sa grande surprise, un livre intitulé *Les Prophéties* signé par un certain Michel de Nostredame, dit Nostradamus. Elle était très excitée par cette découverte inattendue.

— Vous vous rendez compte ! Ce livre doit valoir une fortune !

Toute la bande afficha des mines réjouies à cette excellente nouvelle.

— Allons tout de suite chez Romaric pour avoir son avis et savoir ce qu'il pourra nous en donner.

Arrivé chez leur recéleur, Augustin frappa à la porte qui, bizarrement, s'ouvrit presque aussitôt. Romaric sourit à la vue du charriot rempli de trésors et les pria d'entrer. Les livres furent déballés précautionneusement et posés sur la grande table qui trônait au milieu du salon. Romaric était ravi de voir toutes ces merveilles.

— Vous avez fait de belles découvertes, mes amis ! dit-il en examinant tous les ouvrages un à un.

— Alors, ils doivent valoir beaucoup d'argent ?

— À vue d'œil, je pense que oui. Mais je vais d'abord les faire expertiser par un ami, pour vérifier leur authenticité et leur valeur. Revenez demain pour connaître leur véritable prix.

Le lendemain, Roxane, accompagnée par Augustin, se rendit chez Romaric Hamont. Il leur ouvrit la porte avec un grand sourire.

— Bonjour, les amis, je vous attendais.

Il les fit entrer et leur proposa de prendre place dans son salon. Il les regarda et devint plus sérieux, comme toujours quand il s'agissait d'affaires.

— J'ai une bonne et une mauvaise nouvelle pour vous.

Augustin et Roxane se fixèrent avec un regard interrogatif.

— Commence par la bonne, dit Augustin.

— La bonne nouvelle, c'est que les incunables sont authentiques.

— Et la mauvaise… ? ajouta Roxane.

— La mauvaise nouvelle, c'est que le livre de Nostradamus n'est pas un original, mais une copie.

Ils étaient stupéfaits d'entendre cela.

— C'est une belle copie, j'en conviens, mais cela reste une copie. Elle a donc beaucoup moins de valeur qu'un original, bien sûr.

— Il n'y a plus de gens honnêtes, dit Augustin avec déception.

— Je pense qu'il doit en exister quelques-uns, de ces fac-similés, qui circulent dans la région. Mais je vais tout de même réussir à le refourguer, ne vous inquiétez pas !

— Peut-être à son propriétaire ! osa Roxane.

Ce qui les fit rire tous les trois.

— J'ai effectué une estimation au plus juste, vous êtes de bons clients, dit Romaric en leur tendant une bourse bien pleine.

— Nous avons confiance !

Ils se séparèrent avec le sourire.

— Nous allons devoir raconter cela aux autres !

— Oui, mais ils vont comprendre...

— Et cela les fera peut-être sourire !

— Certainement ! Il vaut mieux en rire !

Pour améliorer leur ordinaire, tous les membres de la bande pratiquaient également le braconnage dans la forêt du Rhin, en dehors des fortifications de la ville. Ils posaient des collets pour attraper des lièvres, des pièges à oiseaux pour les pigeons et autres volatiles et creusaient des fosses recouvertes de branchages et de feuilles, où tombait parfois un chevreuil ou un sanglier. Alors, à l'aide de pieux taillés en pointe, ils achevaient l'animal avant de le hisser hors du piège à l'aide de grosses cordes. Quand ils ramenaient une prise aussi importante à leur camp, ils faisaient la fête et profitaient d'un festin qui durait souvent toute la nuit. Ils donnaient également un morceau de viande à Pépé qui ne mangeait pas tous les jours à sa faim.

## XXXV

Carolus se trouvait souvent au Marché-aux-Herbes (*place Gutenberg*). C'était un nain d'à peine une vingtaine d'années, hirsute et noir de crasse, d'où émergeaient deux billes bleu glacier. Il se tenait assis en tailleur devant un tissu à même le sol où étaient disposés de petits sacs de toile remplis, de différentes tailles. Roxane était intriguée par sa marchandise et s'arrêta un jour pour lui parler.

— Bonjour, je m'appelle Roxane.

— Bonjour, Roxane, je me nomme Carolus.

— Je te vois souvent avec ton étalage de sacs de toile sur le marché, et leur contenu attise ma curiosité, je dois dire.

— Ah bon ?

— Oui, vraiment. Dis-moi, que contiennent-ils exactement ?

Carolus regarda de tous les côtés avant de répondre à voix basse.

— De la poudre de lune !

— De la poudre de lune ? Cela n'existe pas !

— Mais si, tu vois bien. Si j'en vends, c'est que cela existe !

— Ça n'existe pas, ça n'existe pas ! criait Pépé qui était venu s'incruster dans la conversation.

Roxane resta dubitative et demeura silencieuse un moment.

— À quel usage est-elle destinée ?

— Elle sert à éloigner les mauvais esprits.

Il lui expliqua en s'aidant de son index.

— Les petits servent à éloigner un chat devenu fou, par exemple, qui passerait son temps à mordre, cracher et griffer les gens sans raison. Les moyens sont très utiles pour éloigner le mauvais sort quand il s'acharne sur vous...

Il fit une pause pour provoquer la question qui ne tarda pas.

— Et les plus grands ?

— Ceux-là, ce sont les plus puissants, ils chassent les esprits maléfiques qui nous veulent du mal, voire notre mort.

Roxane voyait bien que c'était une belle arnaque mais ne dit mot. Pépé resta muet, tant il était impressionné.

— Dis-moi... Que contiennent ces sacs... exactement ?

Carolus tourna rapidement la tête de gauche à droite, pour voir s'il n'y avait personne trop proche de lui. Roxane fit signe à Pépé de partir, ce qu'il fit brusquement à sa grande surprise. Au ton qu'elle employait, il comprit rapidement qu'il avait affaire à une forte personnalité et qu'il valait mieux s'exécuter.

— C'est un secret, Roxane. Si je le révèle, je suis mort.

— Si tu ne me réponds pas, c'est moi qui m'en charge, en ouvrant sa veste pour lui montrer son sabre et ses pistolets à la ceinture.

Carolus n'insista pas devant la menace et annonça prudemment le contenu de ses sacs. Il parla à voix basse afin que son secret ne tombât pas dans une mauvaise oreille.

— En fait, c'est du sable de grès des Vosges que je récupère dans la carrière d'Ottrot-Saint-Nabor. J'en ramasse aussi sur les chemins qui mènent au mont Sainte-Odile.

— Je m'en doutais ! Mais... Ce sable n'a aucun pouvoir !

— Je sais bien, c'est pourquoi je l'appelle poudre de lune, car je raconte que je la recueille uniquement les soirs de pleine lune. Cela fonctionne seulement quand on y croit. Comme mon discours est bien rodé, j'ai beaucoup de gens qui m'en achètent. Je leur vends un peu de rêve. Il y a même certaines personnes qui y croient tellement que leur vie finit par s'améliorer, leur maladie de disparaître ou leurs problèmes par se résoudre, tout en pensant que cela est dû à la poudre de lune.

— C'est surtout une belle arnaque, ton commerce.

— Tant que les gens y trouvent leur compte, ça me va. C'est surtout mon seul moyen de subsistance.

Il se tut un moment avant de lui raconter succinctement sa vie.

— Quand j'étais plus jeune, vers 8-10 ans, mes parents n'avaient plus les moyens de nous nourrir tous, mes sœurs et moi. Ils m'ont jeté dehors en me disant que j'aurai plus de chance de survivre seul, si je me débrouille bien. À force de trouver des combines plus ou moins foireuses, j'ai eu cette idée en me baladant dans les Vosges pour chercher des myrtilles : faire croire que ma poudre de lune pouvait aider les gens, du moins rassurer leurs propres angoisses.

Roxane comprit alors la force qu'il avait dû déployer pour s'en sortir seul.

— Et toi, Roxane, que fais-tu par ici ?

Elle hésita un moment...

— Je suis à la tête d'une bande de compagnons, qui comme toi, n'ont pas eu beaucoup de chance dans la vie. On vit de rapine, on dérobe essentiellement les bijoux des bourgeoises et l'argent des fermiers généraux, responsables de la mort de mes parents. Nous distribuons une part du butin aux pauvres qui ont été spoliés.

— C'est une belle et juste mission, je trouve. Tu es une sorte de Robin des bois au féminin, quoi !

— C'est un peu le même principe, oui. Si je ne le fais pas, les riches vont continuer à dépouiller les pauvres en toute impunité. Une partie ce que je leur dérobe revient à ceux qui ont été volés.

— C'est un juste retour des choses !

— Oui. C'est pourquoi nous nous battrons jusqu'au bout pour rétablir la justice.

Carolus se tut un moment, abasourdi par ce qu'il venait d'entendre.

— Si tu gardes mon secret, tu peux me demander ce que tu veux.

— Tu es prêt à nous aider, s'il le fallait ?

— Bien sûr, je n'ai peur de rien !

— Bien. Je retiens ton offre d'un coup de main si le besoin s'en fait sentir.

— Je suis toujours sur les marchés et tu me trouveras facilement. Au pire des cas, tu peux demander à d'autres marchands, ils me connaissent tous. J'espère que votre mission va durer longtemps !

— Jusqu'au bout de notre vie, nous ne pouvons pas en rester là, nous avons atteint un point de non-retour. Reculer serait renoncer... et il n'en n'est pas question !

Carolus était impressionné par la forte personnalité de Roxane, mais il ne lui montra pas.

— Bonne chance à toi, Carolus, ravie de t'avoir rencontré.

— Moi aussi, Roxane ! Bonne journée !

Ils se séparèrent avec un signe de la main.

## XXXVI

Tous les amis de la bande de Roxane fréquentaient la boulangerie Rohmer quotidiennement, car leur pain cuit au feu de bois était le meilleur de la ville. La file d'attente devant la boutique était un signe de la qualité de leur pain. Ils voyaient très souvent Dominique, un miséreux d'une trentaine d'années, faire la manche devant le magasin. Ils arrivaient rarement à lui parler car il était avare de mots. Souvent, les clients achetaient un pain supplémentaire pour lui donner en sortant. Il était gentil et courtois. Il saluait tous les gens qui passaient devant le commerce, client ou pas. De sa barbe déjà grise qui lui mangeait le visage émergeaient deux yeux qui avaient l'air constamment étonnés de la bonté des gens. Il les gratifiait d'un « bonjour » et d'un « merci » à chaque fois. Souvent, Roxane lui offrait un pain pour qu'il puisse manger à sa faim. Une légère claudication lui donnait une démarche chaloupée et hésitante. Personne ne savait d'où il venait et ce qu'il faisait de ses journées. Il était toujours fidèle à cette boulangerie qui ne le chassait pas, car il faisait augmenter les ventes avec les clients généreux. Un matin, Dominique était assis sur « sa » pierre, plié en deux. Roxane lui demanda comment il allait et il lui répondit faiblement « mal ». Elle lui demanda si elle devait appeler du secours, mais il répondit qu'une personne l'avait déjà fait. « Heureuse de constater qu'il reste encore des personnes douées d'humanité », pensa-t-elle. Le lendemain, Dominique n'était plus à son poste. Elle demanda de ses nouvelles à la personne qui faisait parfois la manche avec lui. Il l'informa que Dominique était décédé d'une embolie pulmonaire. Sans famille, il avait été enterré au cimetière dans le carré des indigents. Triste de penser qu'il ne va manquer à personne. Enterré nu et sans sépulture, il allait rejoindre d'autres humains qui étaient dans le même cas. Naitre seul et mourir seul, ce n'est pas une vie. Le récit de son compagnon d'infortune l'aida à comprendre la vie qu'il avait eue.

À cette époque, beaucoup de gens vivaient de la générosité des personnes qui les croisaient. Au niveau de la ville, rien n'était prévu pour leur venir en aide. Leur vie de misère était généralement courte et dépassait rarement la vingtaine d'années. Dominique avait eu un peu plus de « chance » d'arriver à la trentaine, mais dans quel état! Ses vêtement crasseux et troués faisaient peine à voir. Pour l'hiver, il avait récupéré une veste chaude trouvée sur le cadavre d'une personne morte de froid dans la nuit. « Il n'en aura plus l'usage », avait-il dit.

Sans aucun soin, un simple rhume pouvait le mener de vie à trépas. Il toussait beaucoup entre deux râles pour se plaindre de sa chienne de vie, lui qui aurait préféré ne pas venir au monde. On ne demande jamais aux enfants de naitre. Souvent abandonnés sur le seuil d'une église, les nouveau-nés étaient confiés par le curé à une institution religieuse où ils allaient être élevés et gavés de bondieuseries. Il avait tout renié une fois assez grand pour comprendre la manipulation de ces religieuses frustrées. Après cela, il avait évité comme la peste toutes les institutions catholiques mais aussi d'entrer dans les églises, sauf quand la pluie provoquait des reflets étincelants sur les tuiles des toits d'ardoise, ou pour prendre le frais quand la chaleur devenait insupportable en été. Il avait gardé une rancune féroce contre les religieux et religieuses qui l'avaient manipulé en lui infligeant des châtiments corporels quand il ne voulait pas obéir à leurs injonctions absurdes. Il en avait gardé quelques séquelles, dont la plus visible était sa démarche dansante et chancelante due à sa chute du mur d'enceinte qu'il tentait d'escalader pour échapper à ses tortionnaires. Plusieurs fois rattrapé et roué de coups, son corps entier était couvert de cicatrices. Il avait rajouté quelques « médailles » au cours de nombreuses bagarres auxquelles il avait été mêlé à cause de son caractère irascible. Souvent, le soir, dans les tavernes malfamées où il éclusait les quelques pièces récoltées dans la journée, il s'emportait pour un mot malheureux ou un regard de travers. Quand il était imbibé de mauvais vin, il avait le vin mauvais. Tout était prétexte à s'emporter et à jouer des poings. Une fois sorti de la gargote à coups de pied aux fesses par le patron, il continuait à cuver et à s'en prendre aux gens qui avaient le malheur de croiser son chemin. Ce n'est rien de dire que sa vie fut difficile. Il venait d'arriver au bout de son voyage chaotique, abimé mais libéré.

Quelques-uns auraient aimé lui parler encore, mais quand quelqu'un est décédé, on n'a pas de deuxième chance.

Aux alentours de la boulangerie, on voyait souvent, après sa disparition, une grande femme aux cheveux courts, une cape sur les épaules et en jupe longue, qui dégageait quelque chose de sensuel quand elle se déplaçait délicatement : était-ce l'âme de Dominique qui errait ? Nul ne le saura jamais.

# XXXVII

Roxane tint la promesse faite à Anne, la cartomancienne du Marais Vert qui lui avait prédit ses aventures, en se rendant à sa cabane. À part la porte d'entrée qui grinçait sous le vent, aucun bruit n'émanait de la masure en ruine. En entrant, elle s'aperçut que rien n'avait bougé. Les toiles d'araignées reliaient les objets et les meubles entre eux, signe d'un nettoyage délaissé depuis longtemps ou d'une trop longue absence humaine. À l'évidence, Anne n'était plus dans sa demeure. Était-elle partie volontairement ou avait-elle été dénoncée et brûlée comme sorcière, ou simplement décédée naturellement? Elle n'avait aucun moyen de connaitre la réponse. Elle posa un coffret contenant quelques pièces sur sa petite table et ressortit un peu dépitée. Elle ferma tout de même la porte en la calant pour ne plus l'entendre crisser. Elle n'avait pas la réponse à sa question, la disparition d'Anne restait un mystère, mais il était important pour Roxane d'avoir tenu sa promesse.

Quand elle sortit de la maison, ou de ce qu'il en restait, elle croisa une paysanne qui passait par là avec son panier rempli de légumes. Elle lui posa la question en espérant avoir une réponse plus précise.

— Bonjour, madame, vous savez ce qui est arrivé à Anne ?

La paysanne la regarda bizarrement car elle ne la connaissait pas.

— Vous voulez parler de la sorcière diseuse de bonne aventure ?

— Oui, elle habitait dans cette maison qui s'écroule doucement.

— C'est une longue et malheureuse histoire...

— Vous voulez bien me la raconter ?

Elle prit une grande respiration avant de commencer à s'exprimer.

— Si vous voulez. Elle avait concocté plusieurs poisons pour une marquise, une dame de la Cour appartenant à la noblesse, qui souhaitait se débarrasser d'une rivale. Cette adversaire prenait un peu trop d'importance à ses yeux auprès du Roi, et elle se sentait délaissée. Elle passa commande d'un poison à base d'arsenic et de bave de crapaud chez Anne, qui accepta malgré les risques encourus, la chasse aux sorcières et aux empoisonneuses étant toujours d'actualité. Des preuves irréfutables accusaient la marquise, qui fut arrêtée. Elle n'avoua que quelques jours avant son exécution : elle a eu la tête tranchée. Les interrogatoires révélèrent qu'un réseau de personnes, du peuple ou de la noblesse, avait recouru à plusieurs sorcières et diseuses de bonne aventure. Anne a été dénoncée, mais personne ne sait trop par qui, pour avoir fourni en poisons des personnages importants, dont deux nièces de Mazarin et même Jean Racine, le grand dramaturge. Les mousquetaires sont venus la chercher un matin. Elle les a suivis calmement, en acceptant son destin. Nul ne sait ce qu'elle est devenue. Brûlée sans doute, comme toutes les sorcières.

— Je vous remercie, madame, de bien avoir voulu me raconter cette horrible histoire. Je comprends mieux son absence.

— Vous la connaissiez bien ?

— Non, pas vraiment. J'avais découvert sa maison un peu par hasard.

La paysanne lui envoya un regard suspicieux sans mot dire.

— Bonne journée, lança la paysanne en continuant son chemin.

— Bonne journée à vous, et merci encore.

Roxane sentit la tristesse l'envahir en s'éloignant de la maison de Anne. Elle ne voulait pas qu'on la prenne, elle aussi, pour une sorcière.

## XXXVIII

Un jour, sans raison apparente, il revint en mémoire à Roxane la présence d'un ancien puits, pas très loin de la maison familiale du Marais Vert, l'ancien faubourg Blanc et actuel faubourg National. La bande de Dodo, un gamin répugnant aussi gros que sale, menait la troupe qui semait la terreur dans « son » territoire. Elle se souvenait encore du supplice du tonneau qu'elle avait subi comme rite de passage, afin de pouvoir faire partie de sa bande et continuer à chercher de la nourriture sur le terrain. Comme Augustin l'avait informée, en venant se joindre à elle avec Adélaïde, qu'il avait décidé de changer de région, il ne devait donc plus y avoir de danger de le revoir dans les parages. Elle se souvint que Dodo cachait une partie de son butin dans le puits.

— Nous allons visiter le lieu pour essayer de prélever le trésor de Dodo qui pensait que ce territoire était le sien, il y a quelques années.

Ils avaient tous des mines réjouies.

— Allez-y, je vous rejoins au puits dans un moment, le temps de récupérer quelqu'un qui pourra aisément descendre dans ce lieu étroit.

Toute la bande se mit en marche et Roxane passa au Marché-aux-Herbes pour essayer de retrouver Carolus qui, lors de leur première rencontre, s'était engagé à lui donner un coup de main. Elle le trouva rapidement. Il était assis à son emplacement habituel. Après quelques banalités d'usage, elle lui expliqua ce qu'elle attendait de lui.

— Il s'agit de descendre dans un puits étroit, bien attaché et retenu par mes gars. Il suffit de remonter tout ce que tu y trouves pour se le partager ensuite. C'est le trésor d'un gars qui hantait le coin autrefois ; il a changé de région et n'a certainement pas pu tout emporter.

Elle le regarda fixement.

— C'est le moment de tenir ta promesse.

— Je n'ai qu'une parole !

Carolus prit son tissu dont il rassembla les quatre coins pour emballer sa marchandise et en faire un ballot qu'il jeta par-dessus son épaule.

— Allons-y !

— Suis-moi, Carolus, ce n'est pas très loin, c'est au Marais Vert. Les gars de ma bande sont déjà sur place et ont dû équiper le puits pour que tu puisses descendre en toute sécurité.

Carolus lui fit un sourire. Il était ravi et fier d'aider Roxane et tenir son serment.

Arrivée sur place, Roxane fit rapidement les présentations.

— Voici Carolus, qui va nous aider en descendant dans le puits.

Toute la bande le salua.

— C'est Augustin, Hugo et Léo qui vont t'assurer pour la descente. Ce sont les plus costauds d'entre nous. Avec eux pour te sécuriser, tu ne risques rien.

Pépé, qui avait suivi Roxane et Carolus, était présent sans savoir exactement ce qui se tramait. Ils se préparèrent pour leur mission. Ils équipèrent Carolus d'une grosse ceinture attachée à une grande corde qui lui permettrait de descendre jusqu'au fond du puits. Une deuxième corde munie d'une panière, servirait à remonter tout ce qu'il allait y trouver. Il se pencha par-dessus la margelle et leur dit :

— Houlà, mais on n'y voit rien là-dedans !

— Voilà qui pourra t'aider, dit Augustin en lui tendant une torche allumée.

— Là, d'accord !

Carolus évalua la profondeur en y jetant une pierre et en éclairant avec la torche et vint s'asseoir sur le bord du puits.

— C'est profond quand même ! Je dirai au moins dix bons mètres, voire plus.

— Cela te pose un problème ? demanda Augustin.

— Non, aucun. Je n'ai peur de rien !

— Bonne réponse ! dit-il en souriant.

Augustin, Hugo et Léo firent contrepoids afin de le faire descendre doucement. Au bout d'un moment, la voix de Carolus se fit entendre.

— Je suis au fond ! Donnez un peu de mou dans la corde !

La corde fut détendue pour avoir des mouvements plus libres, malgré l'étroitesse des lieux. Quelques minutes de silence avant un nouvel appel.

— J'ai quelque chose ! Vous pouvez remonter la panière !

Augustin remonta la corde avec la panière pour y découvrir un coffret en bois qui ne payait pas de mine. Après plusieurs années au fond du puits, l'humidité l'avait bien abimé mais il était maintenu intact par quelques ferrures décoratives.

— C'est tout ? cria Roxane à Carolus.

— Non, descendez la panière, je vais continuer à fouiller. Il y a encore quelque chose.

Dans la panière, y avait une petite houe avec un manche très court pour sonder le sol. Il creusa un peu, mais après avoir trouvé quelques armes extraites de la boue, il dut se rendre à l'évidence, il n'y avait plus rien à découvrir.

Augustin remonta la panière remplie d'armes rouillées, hors d'usage.

— C'est tout ?

— Oui, c'est tout ce que j'ai trouvé ! Vous pouvez me remonter !

Après avoir récupéré la panière, Augustin aidé d'Hugo et Léo rassemblèrent leurs forces pour faire remonter Carolus qui était heureux de revoir la lumière du jour.

— J'ai encore creusé un peu, mais c'est peine perdue, il n'y a vraiment plus rien.

— Merci Carolus, dit Roxane, tu as tenu ta promesse. Tu es un homme de parole.

Carolus reprenait son souffle après s'être détaché et demanda :

— Alors, qu'y avait-il dans ce coffre ?

— Un trésor ! Un trésor ! cria Pépé, excité comme jamais.

— Mes hommes essaient depuis un moment de l'ouvrir sans l'abimer, mais sans pouvoir y arriver. Il y a une serrure en bois et nous n'avons pas la clé !

Roxane entendit des pas derrière elle.

— C'est ça que tu cherches ?

Roxane se retourna promptement. Elle n'en croyait pas ses yeux : Dodo était là devant elle qui la provoquait en lui montrant la clé du coffre.

— Je te croyais mort !

— Eh non ! Je suis toujours vivant, ne t'en déplaise.

Un long silence s'établit entre les deux protagonistes qui se fixaient du regard.

— Un petit problème de trésorerie m'a fait revenir dans la région pour récupérer mon coffre, qui me permettra de couler quelques beaux jours... Merci de l'avoir remonté et m'éviter ainsi une difficile besogne.

Il était encore plus gros et plus sale que dans son souvenir, accompagné de René, son bras droit toujours aussi maigre, et de Félix, toujours aussi roux.

— Tu arrives trop tard, le coffre est à nous, maintenant !

— Tu as peut-être trouvé le coffre, mais c'est moi qui ai la clé !

Il affichait un petit sourire pour la narguer.

— Donne-moi la clé tout de suite !

— Si tu la veux, il te faudra venir la chercher !

Roxane dégaina son sabre et s'avança vers Dodo qui la fixait toujours.

— Tu veux te battre ? Très bien, dit-il en dégainant sa rapière.

Le combat s'engagea. Les lames se croisèrent dans un bruit infernal. Pépé mimait le croisement des lames avec un bâton en s'excitant comme un malade. L'échauffourée dura plusieurs minutes dans le tintement des lames et les esquives des deux adversaires, sans qu'aucun des hommes de Roxane ou de Dodo n'osât intervenir. C'était entre elle et lui. Lors d'un échange vigoureux, une pointe de lame toucha Roxane à l'avant-bras gauche, lui occasionnant une grande blessure. Sa bande émit des sons de stupeur. Cette blessure l'excita davantage et renforça sa motivation à se débarrasser définitivement de Dodo. Elle était furieuse de se voir saigner et se déchaina de telle sorte que la bataille tourna rapidement à son avantage. Dodo, se voyant perdu, dégaina son pistolet et fit feu en direction de Roxane dont la balle érafla légèrement son épaule. Mais le projectile continua sa trajectoire et atteignit Carolus en pleine tête. Quand elle entendit des cris, elle se retourna rapidement et vit Carolus à terre baignant dans son sang, ce qui la mit en rage.

— Carolus! Non!

En se retournant vers Dodo :

— Tu vas me le payer très cher!

À son tour, elle dégaina son pistolet et le pointa sur le visage apeuré de Dodo, qui, en reculant, trébucha sur une pierre, et tomba à terre. Elle le tenait à sa merci, le pistolet braqué sur sa tête.

— Tu te souviens du supplice du tonneau?

— Nous n'étions que des enfants, cela n'avait pas de conséquences, voyons!

— Pas de conséquences ! Depuis le traumatisme que tu m'as fait subir, j'en ai gardé quelques dommages, comme une hantise de l'eau. Pas de conséquences… ?

Dodo ne disait mot. Il était terrorisé.

— En plus, tu viens de tuer Carolus ! Ce territoire est désormais le mien. Je ne veux plus jamais te revoir. Cela sera ma vengeance. N'oublie pas d'emmener tes acolytes avec toi, surtout.

Dodo était un peu décontenancé, mais n'avait pas vraiment le choix. Elle le fixa droit dans les yeux en tendant la main vers lui.

— Donne-moi la clé du coffre !

René et Félix aidèrent Dodo à se relever, non sans peine vu son poids. En donnant la clé à Roxane sous peine de trépasser, il lui jeta un regard rempli de haine et partit la tête basse vers une destination inconnue. On ne le revit jamais.

Roxane s'inquiétait pour Carolus. Augustin, qui se tenait à côté de lui, fit un signe de la tête pour lui faire comprendre que la vie l'avait quitté. Une forte émotion fit accélérer le cœur de Roxane et de ses compagnons.

— Nous allons le mettre en terre aux côtés d'Achille, car il a fait preuve de courage en nous aidant à récupérer le trésor de Dodo et il y a laissé sa vie.

La bande approuva la décision de leur cheffe. Roxane introduisit la clé dans la serrure en espérant que celle-ci fonctionne encore. Elle tourna la clé qui résistait un peu, mais finit par réussir à ouvrir le coffre. En soulevant le couvercle, elle fut surprise par son contenu : il était rempli de pièces d'or à ras bord. Toute la troupe émit des cris de joie.

— Il avait prévu ce pécule pour ses vieux jours, je suppose ! C'est raté ! Nous allons en faire bon usage.

Toute la bande souriait en pensant au bon repas qui se profilait mais n'avait pas le cœur à faire la fête. Ils se mirent en marche vers la sépulture d'Achille, avec le corps de Carolus porté sur quelques branches liées à la hâte servant de civière pour le transporter, ainsi que ses affaires. Ils creusèrent une tombe juste à côté de celle d'Achille, comme un compagnon d'armes. La tombe fut creusée profondément pour qu'aucun animal ne vienne dévorer le corps. Ils déposèrent délicatement le corps enveloppé dans une toile de jute dans le trou et se mirent à se recueillir. Roxane défit le ballot de Carolus et prit les petits sacs pour éparpiller leur contenu dans sa tombe.

— Qu'est-ce que c'est ? demanda Adélaïde.

— C'est de la poudre de lune...

Aux regards interrogateurs de ses compagnons elle répondit :

— Pour vivre, il vendait de petits sacs de sable de grès en faisant croire qu'ils avaient des pouvoirs magiques !

Roxane se recueillit au-dessus de la dépouille pour un petit discours.

— Tu as donné ta vie pour nous aider, Carolus, tu as tenu ta promesse. Nous ne t'oublierons jamais.

Après quelques pelletées de terre pour le recouvrir, une petite croix de bois faite de deux branches trouvées là fut enfoncée dans cette terre meuble pour signaler la présence d'un homme courageux qui n'avait qu'une seule parole.

## XXXIX

Un matin, dans la rue des Hannetons, une ruelle sombre de la Petite France, on découvrit un mousquetaire empalé sur une porte cochère avec un sabre planté dans le cœur et traversant un parchemin. L'homme et le document sur sa poitrine étaient cloués par le sabre qui le pénétrait. Sur le billet ces quelques mots : « À mort les mousquetaires du Cardinal ». Il est vrai que ces soldats dérangeaient beaucoup de monde, mais de là à en supprimer de cette façon...

Rapidement alertés, les autres militaires vinrent examiner la scène de crime et observer le supplicié qui était de leurs rangs. Leur supérieur entra dans une rage folle.

— Sacrebleu, s'exprima le capitaine des mousquetaires. Qui a bien pu commettre un acte aussi abominable ?

Il essaya de se contenir et poursuivit plus calmement.

— Nous allons mener l'enquête pour déterminer quel est le, ou les, coupable. Ils seront châtiés comme ils le méritent.

Pépé, toujours là où il ne devrait pas être, s'écria :

— Bien planté, le mousquetaire, bien planté !

Le capitaine, le connaissant, n'y prêta pas attention et émit plusieurs hypothèses.

— Peut-être un différend personnel avec un client de la taverne, suite à une soirée trop arrosée ? Un acte de barbarie à dessein, commis par une des bandes de voyous de la ville, parce que les mousquetaires les empêchent de continuer à effectuer leurs petits trafics ? Ils vont payer cher cette atrocité.

Sur un signe du capitaine, les soldats détachèrent leur collègue en prenant soin de retirer le sabre de la porte, et le posèrent délicatement sur une civière. Ils recouvrirent le cadavre pour que l'affaire ne s'ébruite pas trop. Le sabre sanguinolent était l'arme du crime et le parchemin transpercé une pièce à conviction, et pouvaient servir à élucider cette affaire sordide. Pendant que les hommes emportaient le pauvre bougre à leur maison militaire, le capitaine s'empressa d'aller voir Adalbert Cadoret, le borgne qui faisait souvent la manche place Saint-Thomas, pas très loin de là, en racontant la guerre des Paysans du siècle dernier qu'il n'avait évidemment pas pu connaître. Cette mystification lui permettait tout de même de vivre décemment, sans se préoccuper de son hygiène corporelle qui était déplorable. Le capitaine le retrouva rapidement, car avec sa claudication, il se déplaçait peu et très lentement. Une pierre descellée d'un mur lui avait écrasé la malléole. Il restait bien souvent dans le même quartier. Il s'approcha en gardant une certaine distance, tant l'odeur qu'il dégageait était insupportable.

— Bien le bonjour, Adalbert.

— Je vous salue bien, mon capitaine. Que me vaut l'honneur...?

Sans trop entrer dans les détails, il lui expliqua l'énigme du corps retrouvé le matin.

— Un de mes hommes a été assassiné cette nuit, et j'enquête pour retrouver un ou même plusieurs coupables.

Adalbert fit mine de feindre la surprise, car il connaissait déjà l'histoire du meurtre qu'on lui avait rapportée dans la matinée.

— Bien planté, le mousquetaire, bien planté! s'écria Pépé qui avait suivi le capitaine.

Leur conversation continua en ignorant Pépé.

— Qui aurait bien pu en vouloir à un de vos hommes, ils sont tous tellement sympathiques, je ne comprends pas!

— Épargnez-moi vos sarcasmes, Adalbert. Mes hommes et moi-même avons une mission de protection à accomplir pour le cardinal de Richelieu et nous devons user de tous les moyens à notre disposition pour y parvenir. Raison pour laquelle nous sommes parfois obligés de sévir envers les contrevenants, assez nombreux dans la ville.

Adalbert eu un petit sourire en coin, ironique.

— Avez-vous vu ou entendu quelque chose?

— La nuit, je dors, vous savez. Il peut se passer des choses que j'ignore...

Le capitaine rongeait son frein devant tant de facéties. Il n'allait pas arrêter un homme déjà suffisamment accablé par la vie.

— Connaissez-vous des personnes capables de commettre un tel crime?

— Ma foi non, je ne vois pas... Je n'ai pas de mauvaises fréquentations, vous savez.

— Et la bande de Roxane, que nous pourchassons depuis si longtemps ? Vous les connaissez bien, je crois ?

— Oui, je les connais. Mais non, ce n'est pas possible. Ce sont des détrousseurs, oui, mais ils ne tuent pas, vous pouvez me croire... Ils sont très habiles de leurs mains, et n'arrivent jamais à ce genre d'extrémité.

— Soit. Qui d'autre, alors ?

— Peut-être une bagarre qui aurait mal tourné après quelques pichets de trop !

— Mes mousquetaires ne s'enivrent jamais au point d'oublier leur propre nom, croyez-moi. Ce sont des hommes sérieux et responsables.

Adalbert réfléchit un petit moment.

— Se pourrait-il que le coupable puisse être un paladin, un chevalier errant voyageant sans cesse pour défendre la veuve et l'orphelin ?

— Que nenni, Adalbert. Pour le paladin, la dignité est au centre de ses valeurs et de son combat !

— Justement, capitaine. Il aurait sans doute voulu défendre l'honneur d'une femme que votre soldat aurait offensée !

— Non, mes mousquetaires n'agressent pas les femmes, même de petite vertu, sachez-le.

— Sauf dans le cas où il aurait bu démesurément de notre excellent vin d'Alsace, qui peut faire tourner la tête à qui en abuse...

— Auriez-vous une piste, une description, de ce prétendu paladin ?

Adalbert réfléchit un moment pour trouver une réponse qui ne le mettrait pas en danger.

— Je vois beaucoup de monde tous les jours et des personnes de passage encore plus souvent, je ne peux pas me souvenir de tous, alors...

Le capitaine le regarda plus intensément.

— Auriez-vous, vous aussi, abusé de notre vin blanc?

— Je ne bois pas une goutte d'alcool, mon capitaine, cela abime prématurément le corps et je trouve que j'ai déjà suffisamment donné, vous ne croyez pas? dit-il en souriant.

— Bon, dans ce cas, vous ne pouviez m'être d'aucun secours. Il va falloir que je trouve la trace de ce paladin, s'il existe, par mes propres moyens.

— Je suis vraiment désolé..., répondit-il sur un ton narquois, en pensant qu'il n'était pas près de lui mettre la main dessus.

Le capitaine fit un pas puis s'arrêta.

— Sur le parchemin planté sur sa poitrine était écrit « À mort les mousquetaires du Cardinal », c'est un crime prémédité, sans aucun doute!

— Certainement une personne qui a déjà eu des problèmes avec la justice!

— C'est aussi mon sentiment. Nous allons fouiller dans les archives pour le retrouver, mais il n'a malheureusement pas laissé de traces ou d'indices apparents...

— C'est le travail d'un professionnel, sans doute, qui travaille avec des gants et brûle ses vêtements afin que l'on ne retrouve pas de traces de sang...

— Vous avez raison, Adalbert. Je m'occupe des investigations immédiatement. Merci pour vos précieux avis.

— C'est toujours un plaisir de pouvoir aider les mousquetaires du Cardinal, capitaine !

Le capitaine s'en retourna vers la maison militaire du Roi de France, se jurant de résoudre cette énigme qui s'annonçait délicate et certainement semée d'embuches. Il était optimiste de nature, car il pensait qu'aucune difficulté n'était insurmontable.

## XL

Roxane, entourée de sa bande, prit la parole.

— Écoutez-moi tous ! Il y a un bruit persistant qui court, comme quoi le duc de Lorraine, Charles IV, accorderait aux troupes françaises un droit de passage pour se rendre en Alsace. Ils vont certainement passer par Strasbourg et peut-être même s'y installer. J'ai peur aussi qu'on nous mette sur le dos l'assassinat du mousquetaire de la rue des Hannetons. On va se faire oublier quelque temps et se diriger vers Bergheim. Selon mes sources, c'est une petite ville où il y a la possibilité de subtiliser les biens de femmes brûlées comme sorcières, comme l'argenterie, les bijoux et les pièces de monnaie, pour les remettre aux nécessiteux avant que les autorités ne se les approprient pour leur propre enrichissement.

Toute la troupe approuva d'un hochement de tête.

— Et notre trésor ? demanda Gabriel.

— Nous allons le laisser ici. Il est bien caché. Nous emporterons uniquement ce dont nous avons besoin au quotidien.

Toute la troupe murmura son approbation. Les gars s'empressèrent de faire leurs baluchons et chargèrent leur charrette dans un brouhaha de joie et d'excitation. Après une courte nuit, ils firent route vers Bergheim. Sortir de la ville était déjà délicat, tant les patrouilles circulaient dans toutes les rues et des soldats en armes surveillaient du haut des tours de défense. Ils réussirent à passer sans parler ni faire de bruit. Une fois sortis, la route fut longue et semée d'embuches. Au bout de quelques kilomètres seulement, une des roues de leur charriot chargé à bloc avait cédé en tombant dans un trou sur la chaussée. La troupe dut faire une halte imprévue pour essayer de la réparer. Les frères Drouart calèrent la carriole avec un petit tonneau pour dégager la roue de l'essieu et l'emportèrent dans le village le plus proche espérant trouver un charron. Il y en avait effectivement un dans ce village et qui les avait vus arriver de loin. Après avoir examiné la roue de plus près, le charron leur expliqua qu'il était nécessaire de remplacer plusieurs rayons fendus avant de pouvoir l'utiliser à nouveau. Il effectua la réparation tout de suite, ayant compris qu'ils étaient un peu pressés par le temps et attendus par leurs amis. Hugo et Léo acquiescèrent et prirent place sur un petit banc de pierre en attendant que la réparation soit terminée. Tout en travaillant à tailler de nouveaux rayons dans le bois qu'il avait dans sa remise, le charron leur demanda :

— Vous allez où, comme ça ?

Les deux frères se regardèrent pour savoir s'ils pouvaient lui révéler l'endroit où ils se rendaient.

— Nous marchons vers Bergheim, lui dit Léo, nous avons de la famille là-bas.

Hugo était étonné par ce mensonge mais ne le fit pas remarquer.

Après plusieurs heures de travail acharné, le charron cercla la roue pour signifier qu'elle était réparée et prête à repartir.

— Voilà, les garçons, elle est comme neuve ! Évitez les trous de la route !

Les deux frères étaient ravis de pouvoir continuer leur chemin avec cette nouvelle roue. Après avoir payé la somme demandée, ils le remercièrent et revinrent à l'endroit où le charriot était immobilisé. En les voyant revenir, le reste de la troupe leur fit un accueil triomphal.

— Ça va, ce n'est rien ! dit Hugo un peu gêné.

Ils se mirent à l'ouvrage, d'aucuns pour soulever l'engin et d'autres pour remettre la roue en place dans l'essieu, et bien la fixer avant de repartir de plus belle tous ensemble. Au bout de plusieurs heures de marche à admirer les premiers contreforts des Vosges, Roxane décida de s'arrêter pour la nuit et de camper dans un pré à côté de la route.

— Comme nous avons perdu pas mal de temps pour changer de roue, nous allons passer la nuit dans ce pré et reprendre des forces avant de terminer notre route.

L'équipe ne se fit pas prier car tout le monde était passablement fatigué. Ils calèrent la charrette près d'un arbre et commencèrent à sortir les toiles pour se fabriquer des abris, pendant que d'autres cherchaient du bois pour allumer un bon feu de camp. Une fois les trois grosses branches de soutien disposées en triangle, un tas constitué de brindilles, des feuilles mortes et d'herbes sèches fut allumé sous la marmite qui pendait au-dessus. Ils se firent une bonne soupe avec quelques légumes glanés ici et là et attendirent qu'elle soit prête à être ingurgitée.

— J'espère que Bergheim va tenir ses promesses, dit Augustin à Roxane.

— Je pense que oui. Selon mes informations, cela peut être intéressant pour nous. Si ce n'est pas le cas, nous continuerons vers une autre ville.

— Il y a des sorcières dans toutes les villes, alors espérons...

Roxane lui fit un sourire qui exprimait un peu la crainte, n'étant pas certaine de leur réussite dans cette ville car les informations obtenues étant souvent aléatoires. À peine leur soupe avalée, tous se mirent en position pour dormir, et en quelques instants tout le monde était dans les bras de Morphée.

Le réveil fut rude malgré le soleil qui dardait déjà ses rayons de lumière. Ils avaient du mal à quitter leur couche et peinaient à se lever. Un bol de potage de légumes accompagné de quelques lardons servit de petit-déjeuner. Ils se préparèrent ensuite à remballer leurs affaires pour les poser dans le charriot. Quand tout le monde fut prêt, Roxane donna le signe du départ. Certains tiraient la charrette et d'autres la poussaient à l'arrière. Le rythme était lent au début, mais retrouva rapidement sa vitesse de croisière. Les heures suivantes les faisaient avancer vers le but fixé, Bergheim. Ils aperçurent une ville en espérant que ce fût la bonne.

Ils arrivèrent enfin à la porte est, un des deux points d'entrée de la ville, l'autre se situant à l'ouest, marquée par la Porte Haute (Obertor) du XIV$^e$ siècle. Roxane se dirigea vers le poêle communal pour y demander le droit d'asile, sans préciser bien sûr leurs activités coupables. Elle invoqua une visite de courtoisie chez sa famille. Elle ne pensait pas que cela fût aussi facile. Toute la troupe passa la porte est et entra dans la Grand'Rue. Ils furent stupéfaits par la taille de l'église paroissiale de l'Assomption de la Bienheureuse Vierge Marie qui trônait sur un monticule. Ils longèrent la rue principale jusqu'à trouver une grange abandonnée dans une rue adjacente, dont ils firent leur quartier général et où ils étaient tranquilles : il n'y avait eu aucun contrôle.

Ils commencèrent à prendre la température de la ville, à repérer les boutiques et le marché pour s'approvisionner et à trouver l'endroit le plus propice à l'exécution des sorcières. Ils ne durent pas attendre longtemps avant que les premières sorcières fussent condamnées au bûcher et brûlées sur la place d'Armes qui s'appellera ensuite place du Marché.

*À partir du XVIᵉ siècle, le tribunal ecclésiastique est remplacé par la justice civile qui sera responsable du plus grand nombre de mises à mort pour sorcellerie en se basant sur les marques du diable (taches, points insensibles sur le corps).*

*Quand la condamnation à mort est prononcée, les condamnées à genoux implorent une mesure de clémence. Si l'accusateur y consent : les sorcières seront d'abord étranglées puis brûlées. Pour ce geste, les condamnées expriment soumission et reconnaissance. D'autres, moins chanceuses, finissent à la question dans une vierge de fer — une vierge de fer, également appelée vierge de Nuremberg, est un ins-*

*trument de torture ayant la forme d'un sarcophage en fer ou en bois, garni en plusieurs endroits de longues pointes métalliques qui transpercent lentement la victime placée à l'intérieur lorsque son couvercle se referme. C'est là une mort lente dans d'atroces souffrances.*

*Les procès jugés à Bergheim sont des procès allemands jusqu'en 1630, suivis de deux procès français, l'un en 1646 (à Ribeauvillé), l'autre en 1683.*

*L'accusation en sorcellerie frappe tous les milieux, tous les âges, toutes les professions. À Bergheim, elle ne touche que des femmes. Celles-ci sont vieilles ou jeunes, pauvres ou riches, parfois de basse condition (voleuses, prostituées, mendiantes), parfois de haut rang (femme du prévôt). Beaucoup d'entre elles sont femmes de bourgeois.*

*Une forte mortalité masculine s'accompagne d'une mortalité infantile élevée, ce qui permet aussi d'accuser les sages-femmes. L'une d'entre elles ensorcelle le lait d'allaitement d'une femme et tue son nouveau-né en frottant les langes avec une pommade. Mal payée pour la naissance d'un veau, elle tarit le lait de deux vaches.*

Ils s'étaient renseignés sur l'adresse des femmes condamnées et visitaient leur maison pour prendre tout ce qui les intéressait pendant que les sorcières se consumaient sur le bûcher en place publique.

— Quand les autorités viendront faire l'inventaire de ses biens, ils ne retrouveront plus grand-chose ! On va tout de même leur laisser quelques objets, pour leur faire croire qu'elle était pauvre !

Toute la bande rit à ce jeu de mots.

— Demain, nous irons faire un tour à la cour dîmière, où les impôts en nature (*la dîme*), qui constituent un vol selon moi, sont entreposés. Nous irons de nuit, pour plus de discrétion. Je pense qu'il faudra emmener la charrette pour rendre le dixième de la récolte annuelle aux paysans qui ont travaillé toute l'année pour pouvoir en vivre. Et si cela ne suffit pas, nous y retournerons un autre jour, avant qu'ils s'aperçoivent du méfait.

Ils passèrent devant un grand bâtiment qui abritait le second ossuaire de la ville, avant de rejoindre leur cachette. Pendant la saison froide, les fontaines du village n'étaient pas en eau. Encore un endroit idéal pour cacher une part de leur butin, ainsi que dans le puits de la cour du bailli. Ils avaient également effectué le tour des remparts qui protègent la ville de deux enceintes entourant des douves, pour cacher quelques richesses dans les tours qui ornaient le mur de défense, ainsi que sur la jolie place aux Échalas (*piquets en bois servant à soutenir les vignes*). La vie était plutôt belle dans cette petite ville où leurs pillages faisaient grossir leur trésor de guerre, malgré le manque de sorcières qui commençait à se faire sentir. Toutes les femmes accusées de sorcellerie étaient systématiquement promises aux flammes.

Au bout de plusieurs mois, Roxane s'aperçut qu'elle était enceinte. Elle fut discrète au début mais arriva le moment où elle ne pouvait plus cacher sa grossesse. Elle rassembla sa troupe qui s'était aperçue que son ventre s'arrondissait.

— Comme je vais avoir du mal à vous suivre dans les prochains temps, je confie le commandement à Augustin.

Augustin fit un signe de tête.

— Comme à moi, vous lui devrez loyauté et une entière obéissance !

La bande acquiesça avec des sourires de satisfaction.

— Nous aurons bientôt un élément de plus dans la bande ! s'écria Melchior.

— Oui, mais pas tout de suite !

Ce qui fit rire tout le monde.

— Laissons cet enfant venir au monde d'abord. Après, il sera intronisé pour faire partie de notre bande.

Comme beaucoup de femmes mouraient en couche, elle était inquiète de savoir si tout allait bien se passer pour elle et l'enfant.

*Pendant le XVIIe siècle, l'Alsace subit de plein fouet deux grandes guerres (1618-1648 et 1672-1679) avec ses conséquences néfastes : destructions, perte de main-d'œuvre, cout élevé du travail, rareté du bétail, terres en friche, endettement des paysans... Depuis 1630, la baisse des prix est généralisée.*

*Pendant ce siècle, la production de seigle, orge, avoine et froment a beaucoup souffert des ravages de la guerre et des épidémies. En plus des pertes liées à la guerre, d'autres épidémies s'ajoutent à la peste, qui fit 110 victimes à Bergheim en 1582 : variole, typhus, typhoïde, dysenteries, grippes, pneumonies. Trois périodes de famine ont eu lieu dans la ville, en 1630, 1632 et 1635.*

## XLI

Le manque de butin se faisant sentir, les sorcières de la ville ayant quasiment toutes été brûlées, la famine, la guerre puis la peste déclenchèrent le retour de la bande de Roxane dans leur ville. Elle prit à nouveau la parole pour s'adresser à sa bande.

— Nous avons bien profité des richesses de cette ville, et faute de ressources, je suggère que nous retournions à Strasbourg. Ce sera bon de rentrer chez nous, si tout le monde est d'accord.

Toute la bande sauta de joie à l'idée de rentrer chez eux. Ils préparèrent leurs ballots et leur charriot rempli de richesses bien cachées, dans un enthousiasme communicatif.

Le lendemain matin, faisant route vers leur ville, ils aperçurent un petit groupe composé de deux familles, avec des animaux et des charrettes qui venaient en sens inverse. Ils s'arrêtèrent un moment pour connaitre leur motivation de quitter la grande ville.

— Oh là, les amis, où allez-vous comme cela ?

— Il court une rumeur tenace comme quoi le duc de Lorraine aurait accordé aux troupes françaises le droit de passage pour se rendre en Alsace. Elles vont certainement passer par Strasbourg. Cela risque de faire des ravages. Nous avons préféré nous éloigner de la ville pour ne pas subir les exactions des soldats.

Roxane pensa que si ce bruit persistant courait toujours, il devait y avoir un fond de vérité. Mais elle était sûre que, quoi qu'il se passe, ils arriveraient toujours à se débrouiller et à éviter le pire.

— Vous prenez quelle direction, alors ?

— Nous allons vers le sud ! Nous cherchons du travail pour effectuer les vendanges et tous les autres travaux des vignes.

— Nous venons de Bergheim. C'est une ville entourée de vignobles, vous n'aurez aucun mal à trouver de l'embauche, je pense.

— Merci du conseil !

L'homme regarda la bande de Roxane et demanda :

— Mais vous, pourquoi retournez-vous à Strasbourg ? C'est une ville pleine de dangers, surtout si la rumeur se confirme !

— Nous sommes natifs de la ville. J'arrive bientôt à terme, et je préfère accoucher là-bas, ce sera moins risqué pour moi et mon enfant, dit Roxane en caressant son ventre rebondi.

— Je comprends. Bonne chance à vous, à l'enfant et à toute la troupe, bien sûr !

— Merci. Bonne chance à vous dans les vignes de Bergheim !

Les deux troupes continuèrent leur chemin, chacune dans sa direction.

De toute façon, Roxane avait décidé d'accoucher à Strasbourg. Elle y connaissait une matrone qui avait beaucoup de succès après de nombreux accouchements réussis où elle avait pu sauver la vie de la mère et de l'enfant. Cela la rassurait. Elle avait confiance en cette femme. Malgré cela, une légère appréhension ne la quittait plus. Augustin redoublait d'attention envers sa compagne et cela lui faisait vraiment plaisir de se sentir choyée et aimée aussi fort.

Arrivés dans leur camp depuis plusieurs jours, ils avaient repris leurs activités. Roxane se reposait dans le lit quand elle eut les premières contractions et elle préféra s'isoler en tirant un gros rideau entre elle et le reste de la bande. Elle sentait arriver des contractions, des douleurs dans les jambes et le bas-ventre, et elle finit par perdre les eaux. Adélaïde et Marguerite servirent de sages-femmes. Augustin tournait en rond comme un lion en cage dans la pièce à côté. Il était impatient et inquiet à la fois. Il espérait secrètement que l'accouchement se passe bien et que Roxane et l'enfant sortent vivants de cette douloureuse épreuve. Il pensait surtout à Roxane qui besognait dur pour expulser le bébé, dans la chaleur qui collait sa rousse chevelure sur son corps trempé de sueur. Plus cela durait, plus il s'excitait, tout en essayant de ne pas trop montrer son impatience. « Il faudra le temps qu'il faudra », se disait-il, sans en être vraiment persuadé. Il entendait des bruits, des mots qui provenaient de la chambre où se déroulait l'évènement, sans pouvoir en saisir la signification réelle, c'était la première fois qu'il allait être père. Adélaïde passa plusieurs fois devant lui avec des bassines d'eau chaude et Marguerite la relayait avec des draps frais. À chacun de leurs passages, surtout avec des draps ensanglantés, il les questionnait du regard, sans avoir de réponses. Comme leur pas s'accéléraient jusqu'à courir, il pensa que la naissance devait être imminente, mais sans en être totalement sûr. Il était trop crispé pour réfléchir sereinement.

Au bout de plusieurs heures de lutte, un cri d'enfant annonça la délivrance tant espérée. C'est ce jour-là que naquit Alix, joli petit bébé joufflu et en bonne santé. Une jolie petite rousse comme sa mère. Marguerite sortit de la chambre des douleurs pour annoncer avec un grand sourire :

— C'est une fille ! La mère et l'enfant se portent bien !

Ils étaient bien sûr tous ravis de cette bonne nouvelle. Elle invita toute la troupe à voir la bienheureuse, en passant en file indienne dans la chambre où se trouvaient la mère, l'enfant et Augustin, le fier papa qui embrassait sa compagne et le bébé.

— C'est ma fille qui vient de naitre, dit-il avec un grand sourire. Elle s'appelle Alix !

Ils étaient tous émus de voir ce petit bout de femme dans les bras de sa mère. Au bout d'un moment, Marguerite les pria de sortir car la mère et l'enfant avaient besoin de se reposer.

## XLII

Les riches seigneurs de la ville pratiquaient la chasse à courre, jusqu'à plusieurs fois par semaine. Ils étaient accompagnés d'un grand équipage composé d'un veneur, de lieutenants, d'un chirurgien et d'un piqueur pour diriger la meute des chiens avec l'aide d'un grand nombre de valets. Ils chassaient indifféremment le cerf, le sanglier, le chevreuil ou parfois le lièvre. En galopant dans la forêt, ils épuisaient l'animal traqué jusqu'à ce qu'il soit à bout de forces. Acculé, l'animal n'offrait alors plus aucune résistance. Les piqueurs retenaient les chiens, qui aboyaient bruyamment en entourant l'animal, et l'achevaient avec de grandes piques de bois. La bête souffrait un long moment avant de rendre l'âme.

Comme Roxane n'aimait pas que l'on tuât les animaux sauvages et encore moins les gens qui pratiquaient cette tuerie, la bande s'amusait souvent à perturber ces chasses qu'elle trouvait cruelles. Ayant eu connaissance du lieu où se déroulerait une traque, ils se déployèrent dans la forêt en faisant du bruit pour effrayer les animaux et cela fonctionna. Ils frappaient les haies et les arbres avec des bâtons en criant, les animaux fuyaient rapidement avant l'arrivée de l'équipage. Quand les chiens arrivaient sur les lieux, ils étaient désemparés et couraient dans tous les sens pour suivre des pistes qui ne menaient nulle part. La bande de Roxane, restée à proximité du lieu, bien cachée derrière les arbres, se délectait de ce spectacle affligeant en se retenant de pouffer de rire. Les pointeurs avaient beau crier et piquer les chiens, ils ne flairaient aucune piste. Le seigneur, sur son cheval, donnait des ordres afin de continuer la traque, mais la forêt ayant été vidée de ses occupants, il rentrait bredouille. Parfois, pour corser un peu les choses, la bande saupoudrait le sol de poivre, pour faire éternuer les chiens et égarer leur odorat afin qu'ils ne puissent plus trouver aucune piste animale. Ce qui mettait le seigneur dans une rage folle. Le plus important pour Roxane était d'épargner les animaux qui n'aspiraient qu'à vivre en paix, sans être dérangés par des fous furieux en quête de gibier à tuer pour leur loisir.

## XLIII

Malgré le sacre de Louis XIV, la bande de Roxane continuait ses activités en toute impunité, Adélaïde s'étant portée volontaire pour s'occuper d'Alix. Mais ils étaient constamment sur leurs gardes car ils ne connaissaient pas la politique de ce nouveau roi qui venait d'être couronné, surtout en matière de police et de nouvelles lois.

*Le règne de Louis XIV s'étend du 14 mai 1643 — sous la régence de sa mère Anne d'Autriche jusqu'en 1651. Il est sacré le 7 juin 1654 en la cathédrale de Reims par Simon Legras, évêque de Soissons. Il laisse les affaires politiques à Mazarin tandis qu'il continue sa formation militaire auprès de Turenne.*

Les actions et les coups de force de la bande de Roxane devenaient de plus en plus hardis et ils prenaient beaucoup plus de risques qu'autrefois. À maintes reprises Roxane en prit tant qu'elle n'échappa que de justesse aux mousquetaires du Roi, mais leur glissa entre les doigts comme une anguille malicieuse.

## XLIV

Un jour d'orage, signe de malheur, il y eut effectivement un mauvais jour. L'étau se resserrait autour de
Roxane. Elle se vit cernée par les mousquetaires alors
qu'elle passait dans une ruelle de Strasbourg. À la vue
des soldats, elle regarda dans tous les sens pour trouver
une échappatoire en rebroussant chemin. Ils étaient
nombreux et bloquaient les deux issues de la rue. Aucun
moyen de leur échapper. Le porche sur lequel elle s'a-
dossa, malgré la forte poussée qu'elle exerça sur le bois,
ne céda point. Pas de chance !

— Halte-là, Roxane Lenoir ! Rends-toi, tu es cernée.
Tu ne peux plus nous échapper. Depuis le temps que
l'on te cherche, nous avons fini par te prendre.

Roxane regarda une dernière fois dans l'espoir de
s'en sortir, mais ne trouva aucune autre solution que de
se battre pour défendre chèrement sa peau. Elle les provoqua pour entrer dans la bataille qui s'annonçait difficile. N'ayant que son sabre, elle s'en voulait de n'avoir
pas pris ses pistolets.

— Vous ne m'avez pas encore prise ! Venez me chercher si vous l'osez, bande de lâches ! Allez, au premier
de ces messieurs !

Elle croisa le fer avec un mousquetaire courageux, ou inconscient, qui s'approcha d'elle, le sabre à la main. L'échange fut laborieux, la ruelle étant particulièrement étroite. Elle réussit pourtant à blesser au visage son adversaire après quelques passes, et il s'écroula à terre dans un cri de douleur, en se tenant la tête sanguinolente avec ses deux mains rougies. Un deuxième garde fonça sur elle en la menaçant :

— Rends-toi ! Nous avons l'avantage du nombre, tu n'as aucune chance de t'en sortir.

— À dix contre un, c'est cela ta notion du courage ?

Le mousquetaire resta un moment sur place sans oser bouger. Elle le fixa droit dans les yeux.

— Tu veux tenter ta chance ? Vas-y, avance que je te transperce, vil pourceau.

Le mousquetaire hésitait mais avança tout de même. La lame de Roxane lui transperça la poitrine avant qu'il ait pu esquisser le moindre geste pour se défendre. À la vue de leurs compagnons baignant dans leur sang, tous les mousquetaires s'avancèrent vers elle en même temps pour l'empêcher de faire d'autres victimes.

— Ne la tuez pas, cria l'officier, il nous la faut vivante !

Elle était maintenant assiégée de toutes parts et ces soldats étaient vraiment trop nombreux. Elle continua pourtant à croiser le fer avec eux et distribua des coups de poing en vociférant. Ayant pris le dessus, les soldats s'occupèrent de la désarmer et de lui attacher les mains. Elle fulminait. « C'est trop bête de me faire prendre comme cela », pensa-t-elle. Bien qu'elle eût les mains attachées, elle leur envoya une nouvelle flopée d'injures, accompagnée de coups de pied bien ciblés, et certains se retrouvèrent pliés en deux de douleur. Malgré sa dé-termination, au bout d'un moment elle se retrouva en-travée et empoignée par les mousquetaires qui l'emme-nèrent à la prison de leur maison militaire, même si elle continuait à se démener, en vain. En entrant dans la bâtisse, l'officier ne put s'empêcher de parler assez fort, tant il était fier de sa prise.

— Nous avons enfin réussi à capturer Roxane Lenoir, qui sévissait depuis trop longtemps dans la région, dit-il en se pavanant. Prévenez le directeur de cette magnifique prise !

Arrivée devant la porte de sa cellule, elle fut détachée et jetée au fond de la geôle.

— Voici ta nouvelle demeure, amuse-toi bien ! dit le gardien ironiquement.

Elle ne dit mot, mais fulminait intérieurement avec une envie de meurtre.

Dans sa cellule crasseuse, elle regardait les murs et la grille en fer qui était désormais son espace de vie. Elle réfléchissait en parlant à voix basse.

— Il aura suffi d'un moment d'inattention pour que je me fasse avoir comme un garenne dans un collet, et je m'en veux terriblement. Je n'aurais pas dû aller seule en ville sans mes pistolets, je le savais, mais bon... Je pense que je vais payer cher mon imprudence. Il est un peu trop tard, maintenant. En plus, que pourront-ils prouver, ces juges corrompus, au service du pouvoir en place et des puissants bourgeois qui dirigent la ville ? Je sais qu'ils vont me charger au maximum, je ne me fais pas trop d'illusions... Comme ils ne trouveront pas de preuves, ils vont en inventer ! Il y a trop longtemps que je les provoque et ma capture doit énormément les réjouir. Si je n'arrive pas à sortir d'ici, mon sort est scellé, je pense...

Elle se posa sur la paillasse et finit par s'endormir.

## XLV

Le lendemain, elle fut présentée devant un juge, debout et menottée, encadrée par deux policiers. Elle avait toujours la rage en elle.

— De quoi m'accuse-t-on, exactement ?

Le juge, un petit homme rabougri et vouté, avait le teint aussi gris que son manteau, le nez aquilin et le regard vide. Il était entouré de quatre assesseurs, sans que l'on puisse déceler la moindre expression sur leur visage : les masques de la justice. Il s'adressa à Roxane pour lui annoncer le chef d'accusation.

— Roxane Lenoir, vous êtes accusée de nombreux vols et tentatives de vol d'argent et de bijoux en bande organisée et également d'être une sorcière, car en couple avec le diable, avec lequel vous avez eu un enfant.

— C'est complètement faux, je n'ai jamais rien fait de mal, je le jure ! Vous avez des preuves de ce que vous avancez ?

— Nous allons en trouver, rassurez-vous. Nous allons retrouver vos complices, ceux que vous appelez votre bande. Nous allons commencer par vous soumettre à la question. Croyez-moi, même les plus résistants ont avoué au bout d'un moment, dit-il en souriant.

— Je n'ai rien à avouer, puisque je suis innocente de tout ce dont on m'accuse. En plus, la torture n'est pas efficace car la plupart des gens avouent n'importe quoi pour que cela s'arrête !

Le juge émit un petit signe de tête et on emmena Roxane dans sa cellule. Elle était vraiment impuissante et inquiète quant à la torture, même si elle avait déjà pu y résister, mais pensa instinctivement à Alix et à Augustin qui, ayant appris la nouvelle diffusée dans toute la ville, allait certainement mettre un plan d'évasion en place pour faire sortir sa bien-aimée de cette prison infecte.

## XLVI

Le bruit avait couru comme une trainée de poudre quant à la capture de Roxane. Dans leur repaire, Augustin, entouré de la bande, prit la parole.

— Nous allons mettre au point un plan pour délivrer Roxane. Si quelqu'un a une suggestion à faire, c'est le moment.

Un calme pesant répondit à sa proposition.

— Cela va être beaucoup plus difficile que la dernière fois, dit Melchior. Je vais tout de même repérer les lieux avec Gabriel.

Celui-ci opina du chef.

— Il faut trouver une solution, ajouta Augustin. Il faut absolument la sortir de là, vous en connaissez les enjeux... Elle va sans doute être torturée, mais je sais qu'elle ne nous trahira jamais. Elle a déjà résisté à la torture à l'eau mais il est possible qu'ils trouvent d'autres moyens pour essayer de la faire parler.

Les repérages de Melchior et Gabriel n'eurent pas l'effet escompté. Bien qu'ils aient trouvé l'emplacement du cachot de Roxane, celui-ci ne comportait aucune fenêtre. Impossible de communiquer et donc impossible

191

de la délivrer. Revenus à leur quartier général, ils firent leur rapport au reste de la bande.

— Nous avons trouvé l'endroit où elle est enfermée, qui donne sur la rue mais sans aucune fenêtre. Elle ne sera plus transférée, mais jugée et condamnée dans cette prison, dit Melchior.

— Si la peine capitale est prononcée, elle sera sans doute exécutée dans la prison, ajouta Gabriel.

— Et cette fois, nous n'avons pas de complice qui, de l'intérieur, pourrait nous aider à la faire sortir, conclut Augustin. Nous allons tous réfléchir pour trouver une solution et nous allons exposer nos idées demain en réunion.

Tout le monde approuva, comme s'ils avaient encore l'espoir de pouvoir la délivrer.

## XLVII

Une nouvelle fois, Roxane fut passée à la question. Elle allait subir la torture du chevalet ou de l'écartèlement.

*Le chevalet est une construction en bois horizontale avec deux cylindres à chaque extrémité. La condamnée est attachée par les poignets et les chevilles, avec une corde reliée aux cylindres. Le principe est d'écarteler la prisonnière, dans le but de la faire avouer ses crimes et dénoncer ses complices. Les personnes chargées de la torturer vont lentement tourner les cylindres à l'aide d'une barre de fer pour provoquer le début du supplice. La condamnée va subir lentement des étirements des bras et des jambes, jusqu'à obtenir des aveux ou jusqu'à l'arrachement des tendons et des ligaments, provoquant une douleur atroce.*

Son corps tremblant et nu fut allongé sur le chevalet horizontal, bras et jambes écartés et attachés avec des cordes. Elle allait subir des tourments difficilement supportables. Mais le juge souhaitait d'abord rechercher sur son corps les marques apposées par le diable, preuves irréfutables d'une alliance avec le malin.

*Le corps d'une sorcière porte la marque de son crime, infligée par le diable avec une épingle, par morsure ou égratignures. Les signes du caractère diabolique de cette trace, que les juges recherchent sur le corps dénudé avant la séance de torture, se lisent dans l'insensibilité de cette marque qui ne saigne pas lorsqu'on la pique. Il faut exciter profondément la peau avec des épingles afin de juger de la sensibilité de ces endroits. L'inefficacité de ces méthodes avait été avérée mais elles étaient toujours pratiquées car cela arrangeait certaines personnes décidées à se débarrasser d'individus gênants à leurs yeux pour préserver leur carrière.*

Le juge ordonna que l'on recherche un signe sur son corps. Aucune tache ou égratignure visible. Elle sentit une grosse épingle la piquer à différents endroits et elle serra les dents avec des grimaces de douleur à chaque fois que la fine aiguille lui transperçait le corps. Le sang finit par couler un peu des orifices. Le juge, avec une mauvaise foi évidente, s'exprima. Il ne fallait surtout pas qu'elle s'en tire vivante.

— Cette méthode ne fonctionne pas toujours, mais nous savons que nous avons affaire à une sorcière. Nous avons de nombreux témoignages qui feront office de preuves.

Il ordonna de commencer la torture aux deux personnes chargées de donner trois tours de cylindre à chaque cheville pour l'un, et autant aux poignets pour l'autre. Roxane commença à grimacer sous l'effet de la douleur. À chaque tour supplémentaire, elle résistait autant que possible, tout en insultant les personnes présentes en les traitant de tous les noms. Elle résistait toujours.

— Qui sont tes complices dans les nombreux vols et extorsions d'argent et de bijoux ? Nous savons que tu es le chef d'une bande de voyous sans foi ni loi. Nous n'allons pas tarder à trouver votre cachette et tous les trésors que vous avez subtilisés à d'honnêtes habitants de notre bonne ville de Strasbourg !

— Je ne sais pas de quoi vous parlez, vraiment... Je ne comprends rien !

— Tu vas finir par parler, fais-moi confiance.

Sur un signe du juge, les deux assistants ajoutèrent quelques tours supplémentaires pour étirer encore plus les poignets et les chevilles de Roxane. Elle tenait toujours bon, malgré la douleur des allongements.

— Alors, tu vas parler ? Ta vie en dépend, tu sais. La justice pourrait être clémente si tu nous donnes des noms.

— Vous mentez ! Vous m'avez condamnée d'avance. Je sais très bien ce qui m'attend, que je parle ou pas. Je ne vais donc pas parler et vous laisser baigner dans votre ignorance.

Le juge était furieux. Il n'avait pas l'habitude qu'on lui manque de respect en lui parlant de cette manière. Sur un nouveau signe de sa part, les cylindres tournèrent encore un peu. Roxane commença par crier un peu, puis plus rien. La douleur devenant trop intense, elle avait fini par perdre connaissance. Elle fut détachée, rhabillée et ramenée à sa cellule dans un piteux état.

— Elle ne veut pas parler ? Bien, laissons-la croupir quelque temps et reprenons les réjouissances à un autre moment. Elle aura tout le loisir de réfléchir si elle veut trahir ses compagnons ou mourir seule.

XLVIII

Quelques jours plus tard, elle subit encore un autre type de torture, l'estrapade : elle consiste à soulever l'accusée et à la relâcher brutalement. Sortie de sa cellule et amenée dans la salle de torture, elle fut délestée de ses fers, mise à genoux et solidement maintenue par le bourreau.

— Ne vous fatiguez pas, je ne vous dirai rien !

Pour la faire taire, l'exécuteur lui fixa des tenailles entre les dents pour maintenir la bouche ouverte, et on lui remplit le ventre d'eau à la faire déborder. Il l'attacha avec une petite corde à chacun de ses gros orteils, la hissa au plafond de toutes ses forces, de sorte qu'elle se retrouva la tête en bas, jusqu'à ce que toute l'eau fût sortie. Ceci fait, il lâcha la corde d'un coup, pour la laisser choir sur le sol dans un bruit sourd. Comme elle ne parlait toujours pas, le bourreau recommença l'estrapade encore une fois. Toujours rien. Roxane résistait de toutes ses forces. Il la remonta encore une fois et s'aperçut qu'elle ne bougeait plus. Le bourreau se tourna vers le juge.

— Elle a perdu connaissance !

— Descendez-la. Je pense qu'on va la laisser réfléchir un peu...

Elle fut descendue inconsciente, froide comme une morte. Puis, rhabillée et ferrée, ils la jetèrent sur le sol froid de sa cellule.

## XLIX

Le jour du jugement arriva. Tout le tribunal était déjà en place quand Roxane entra menottée dans la salle, soutenue par deux hommes. Les différentes tortures ayant fait leurs effets sur son corps, elle marchait très difficilement, soutenue par deux gardes. Ils la laissèrent face à ses juges. Le procureur, toujours ce même petit homme rabougri et vouté, des lorgnons juchés sur son nez aquilin, leva la tête et fixa Roxane qui le regardait droit dans les yeux, comme une ultime provocation.

— Nous sommes réunis aujourd'hui pour donner lecture de l'acte d'accusation et de la sentence décidée par le tribunal.

Roxane connaissait déjà la fin de l'histoire…

— Roxane Lenoir, vous êtes accusée de nombreux vols et tentatives de vol d'argent et de bijoux en bande organisée et également d'être une sorcière, car en couple avec le diable avec lequel vous avez eu un enfant. Niez-vous les faits ?

— Vous faites erreur, je ne suis pas cette personne, car je n'ai pas d'enfant.

Elle répondit cela en espérant pouvoir protéger la vie d'Alix.

— Nous savons bien qui vous êtes et connaissons tous vos méfaits.

— Vous vous trompez, répondit-elle sur un air provocateur, je suis innocente !

Elle reprit sa respiration lente un moment.

— Je ne vous reconnais pas le droit de me juger ! Vous êtes tous corrompus !

Le juge fulminait.

— Il suffit ! Vous allez payer cher votre impertinence. De plus, il est inutile de vous défausser, vous êtes bien la personne que nous jugeons aujourd'hui.

Après un petit silence, je juge reprit la parole.

— En vertu des faits reprochés, le tribunal vous condamne à être brûlée vive sur la place publique jusqu'à ce que mort s'ensuive.

Un brouhaha se fit entendre dans la salle.

— Étant donné la gravité des faits, vous ne pouvez espérer aucune clémence, comme être étranglée avant d'être brûlée.

Roxane n'émit aucune plainte et fixa le juge la tête haute, dans une dernière provocation.

— Je ne comptais vraiment pas sur votre clémence...

Le juge fit une grimace qui montrait bien son agacement. Elle fut ramenée dans sa cellule. Quand elle fut seule dans sa petite geôle, les larmes vinrent à rouler sur ses joues, celles qu'elle avait retenues depuis si longtemps.

L

Le lendemain, le crieur et son tambour annonçaient effectivement l'exécution de Roxane.

— En ce jour du 4 janvier de l'année 1655, le tribunal ayant jugé Roxane Lenoir coupable de nombreux vols, et surtout d'être une sorcière, il sera procédé à la mise à mort de la condamnée. Elle sera brûlée vive sur la place des Cordeliers demain à l'aube.

Tous les gens, et ceux présents de la bande, comme Marguerite, Hugo et Léo, furent surpris par la condamnation rapide de Roxane. Ils se rendirent rapidement à leur cachette pour faire part de cette terrible nouvelle aux autres. Leur rapport effectué, Augustin leur demanda si quelqu'un avait eu une idée pour la sortir de là, mais personne n'avait de solution.

— Nous pourrions essayer de la délivrer au moment où elle sera amenée sur la place, qu'en pensez-vous ?

— Quand elle sera amenée au bûcher, tu veux dire ? demanda Léo.

— Oui, c'est jouable, non ?

— À condition qu'il n'y ait pas trop de gardes. Mais comme elle était recherchée depuis tellement longtemps, elle va être gardée et surveillée comme un trésor. Cela me semble difficile… voire impossible !

— La nuit porte conseil. Demain on se retrouve tous sur la place des Cordeliers, pour envisager une bonne solution, voire extrême.

Les gars de la bande se regardèrent en espérant qu'il n'allait pas faire de bêtise.

## LI

L'exécution de la sentence eut lieu le 4 janvier 1655, le jour de ses trente ans. La foule s'était déjà amassée autour du bûcher pour assister au spectacle public. Rares étaient les personnes heureuses de ce dénouement, la plupart étaient avec Roxane car ils bénéficiaient de ses bienfaits, et la soutenaient jusqu'à la fin. La charrette arriva avec Roxane debout, habillée d'une longue robe blanche et les yeux dans le vague. Deux gardes l'aidèrent à en descendre et l'amenèrent au bourreau posté à côté d'un grand amas de bois disposé devant un poteau. Quand le bourreau voulut la prendre par le bras pour l'installer sur le bûcher, elle l'écarta d'un coup d'épaule et monta seule se placer contre le pieu. Le bourreau, un peu décontenancé, vint l'attacher solidement au mât. Elle resta l'allure fière quand le vent et la neige fouettèrent son visage, sans se plaindre. La lecture de l'acte d'accusation et la peine s'exécutèrent.

— Roxane Lenoir a été jugée coupable d'être une sorcière car en couple avec le diable et condamnée à être brûlée vive en place publique jusqu'à ce que mort s'ensuive.

Elle jeta un dernier regard vers Augustin, Alix et Adélaïde et le bûcher s'embrasa. Augustin tenta de s'approcher du bûcher dans un geste désespéré, mais Hugo et Léo, qui redoutaient ce comportement, le retinrent de toutes leurs forces. Son destin était scellé à celui de Roxane et il se devait de continuer sa lutte.

Elle n'avait aucun regret et ne poussa aucun cri. On n'entendait que le crépitement des flammes. Elle était fière d'avoir accompli sa juste mission. Elle savait que sa mission ne s'arrêterait pas avec sa disparition. Des gens dans la foule scandaient encore son nom, les joues suintantes de larmes. Elle ne dit mot, jusqu'à ce que la douleur lui fasse perdre connaissance, laissant les flammes lécher son corps et la consumer complètement.

*En 1620, le Parlement de Paris commence à interdire les chasses aux sorcières aux juridictions provinciales. Même certains magistrats locaux furent condamnés à mort sous Louis XIII pour avoir fait exécuter des « sorcières » sur le bûcher. Sous le règne de Louis XIV, l'édit de juillet 1682 met fin aux bûchers dans tout le royaume.*

*En 1681, la soumission de la ville de Strasbourg au roi Louis XIV. La France est désormais à l'abri d'une invasion impériale. Strasbourg devient la porte fortifiée de la France sur le Rhin et la capitale de la province d'Alsace.*

## LII

Hugo et Léo, Augustin et Adélaïde étaient en larmes. Même Pépé, qui avait assisté à l'exécution de Roxane et avait maintenant plus de vingt ans, eut les joues mouillées. Ils s'en retournèrent la tête basse pour réfléchir à la possibilité de nouvelles aventures, ici ou ailleurs. Augustin prit Alix par la main, elle qui n'avait pas encore conscience de devoir reprendre la lutte de sa mère.